HEIKE DUKEN

Wenn das Leben dir eine Schildkröte schenkt

Heike Duken

WENN DAS LEBEN DIR EINE SCHILDKRÖTE SCHENKT

Roman

blanvalet

Die Arbeit der Autorin an diesem Roman wurde vom Deutschen Literaturfonds e. V. gefördert

Alles ist erfunden und alles war ganz anders.

FSC www.fsc.org
MIX
Papier aus verantwortungsvollen Quellen
FSC® C014496

Penguin Random House Verlagsgruppe FSC® N001967

1. Auflage 2021
Taschenbuchausgabe 2021 bei Blanvalet, einem Unternehmen der Penguin Random House Verlagsgruppe GmbH, Neumarkter Straße 28, 81673 München

Redaktion: René Stein
Umschlaggestaltung: FAVORITBUERO, München
Umschlagmotiv: Smileus/Shutterstock.com
JB Herstellung: eR
Satz: Vornehm Mediengestaltung GmbH, München
Druck und Bindung: GGP Media GmbH, Pößneck
Printed in Germany
ISBN 978-3-7341-0668-2

www.blanvalet.de

Für Doris und Herbert

Prolog

Frieda 2016

CHARLY IST TOT. WER ZUR BEISETZUNG ERSCHEINEN WILL, SOLLTE SICH AUF DEN WEG MACHEN. ICH WOLLTE SIE AUS DEM WINTERSCHLAF HOLEN, ABER SIE WAR NICHT MEHR AM LEBEN. ICH KANN NICHTS DAFÜR

Frieda drückte auf SENDEN.

»Weißt du noch?«, fragte sie. »Der Tag, an dem du Charly mitgebracht hast? Du hast gemeint, sie kann noch leben, wenn die Kinder erwachsen sind, und du hattest recht.«

»Die Mädchen haben sich so gefreut. Sie haben sie sogar mit ins Bett genommen«, sagte Heinrich.

»Und du hast es ihnen auch noch erlaubt. Eine Schildkröte!«

»Sie haben trotzdem zwei Tage lang nicht mit mir geredet, Mattis auch nicht und du auch nicht.«

»Du weißt, warum.«

»Ja, ich weiß alles noch ganz genau. Das ist meine Strafe – bis zuletzt bleibe ich klar im Oberstübchen. Ich vergesse nichts, gar nichts.«

»Das solltest du aber. Das ist unser Vorteil, dass wir langsam gaga werden und vergessen.«

Heinrich antwortete nicht. Er packte nur die Schildkröte in eine Plastiktüte und machte ein Fach in der Gefriertruhe für sie frei. Er sah so traurig aus. Es kam Frieda unnormal vor, wie traurig er war. Nur wegen Charly.

1. Teil

An Wildschweinen sterben mehr Menschen als an Haien

Nele 1975

Der erste Mann nach dem Tod meines Vaters kam an einem Sonntag in die Familie. Meine Mutter hatte uns vorbereitet. Sie habe jetzt einen Freund. Heinrich.

»Er hat eine ganz schlimme Kindheit gehabt, auf dem Dorf, weit weg von der Mutter«, erzählte sie uns.

Ich lauschte gespannt wie bei einer gruseligen Gutenachtgeschichte.

»Sein Vater ist gefallen. Im Krieg.«

»Hingefallen?«

»Im Krieg gefallen bedeutet gestorben. Und später hat Heinrich eine Frau geheiratet, die ist verrückt geworden. Sie ist in ein Krankenhaus gekommen, und da ist sie geblieben.«

»Für immer?«

Sie nickte.

Ich glaube, sie wollte uns damals gnädig stimmen. Diesen Mann mit der verrückten Frau und der ganz schlimmen Kindheit, den sollten wir nicht zu sehr auf die Probe stellen. Wir drei, das waren Mattis, der Große, Karen, die Mittlere, und ich, die Kleine.

Ich hatte Mitleid mit Heinrich, noch bevor ich ihn kennenlernte. Und beschloss für mich, er sollte es von jetzt an besser haben im Leben. Ich würde dafür sorgen. Es war gut, dass dieser Mann zu uns kam. Alles würde nun anders werden für ihn. Und für meine Mutter auch.

»Er ist da! Heinrich ist da!«, rief ich, als es klingelte. Ich rannte zur Haustür und hüpfte auf und ab, auf und ab, bis Mutter endlich öffnete, und da stand er. Der arme Mann. Er beugte sich zu mir hinunter.

»Du bist die Nele, stimmt's?«

Ich nickte. Ganz ernst und feierlich.

»Du hast ja wirklich so schöne Augen!« Er lächelte.

Ich nahm seine Hand und zog ihn ins Zimmer. Der Tisch war schon gedeckt, es gab süße Teilchen, dazu Kaffee für die Erwachsenen und Limonade für uns Kinder. Das kriegten wir sonst nicht zu sehen, Gebäck und Limonade. Wir stürzten uns darauf wie ausgehungert.

Ich schaute sie die ganze Zeit an, meine Mutter und ihn. Wie vorsichtig sie miteinander umgingen und wie zuvorkommend.

Mein Vorhaben festigte sich. Heinrich würde es gut bei mir haben. Er würde alles vergessen und glücklich werden, bei mir, der kleinsten von allen. Meine Beine baumelten über dem Sofarand, und ich trank meine Limo, für die ich sogar einen Strohhalm bekommen hatte.

Später brachen wir auf. Wir saßen zu dritt hinten in Heinrichs Auto, meine Mutter vorne. Er konnte gut Auto fahren. Ich wusste, Heinrich würde niemals einen Unfall bauen.

Unser letzter Ausflug lag lange zurück. Ich konnte mich gar nicht mehr daran erinnern. Ein Auto hatten wir nie gehabt. Ich schaute aus dem Fenster, ich sah ein Pferd und eine Herde Schafe.

Wir liefen durch einen Wald, und Mattis tat so, als würde er sich auskennen. Er erklärte alles Mögliche: Das wären Buchen und das Eichen und das Wildschweinspuren …

»Wildschweine, die sind gefährlich, Nele, die rennen dich um. Und die Eber, die rammen dir die Hauer in den Bauch. Das ist tödlich, verstehst du?«

»Hör auf, Mattis!«, befahl meine Mutter, aber er dachte gar nicht daran.

»An Wildschweinen sterben mehr Menschen als an Haien. Das ist eine Tatsache.«

Heinrich nahm meine Hand. »Ganz so schlimm ist es nicht«, beruhigte er mich. Ich ging eine Weile an seiner Hand. Er machte viel größere Schritte als ich, passte aber immer auf, dass ich mitkam. Wir waren schon sehr weit gelaufen, und meine Füße taten weh.

»Kannst du denn noch?«, fragte Heinrich.

Ich schüttelte den Kopf.

Er hob mich hoch und setzte mich auf seine Schultern. Da oben konnte es ruhig noch viel weiter sein.

»Pscht!«, machte er plötzlich und blieb abrupt stehen. »Ganz ruhig alle!«

Ich hatte furchtbare Angst. Die Wildschweine. Jetzt waren sie da. Mattis hatte auch Angst, ich sah es ihm an, und das machte es noch schlimmer. Karen versteckte sich hinter meiner Mutter.

»Schaut mal, da vorne!« Heinrich deutete auf einen kleinen Sonnenfleck, nur ein paar Meter entfernt, aber ich sah nichts Besonderes.

»Schaut doch, auf dem Stein. Seht ihr sie?«

Wir suchten, zuckten aber mit den Schultern.

»Zwei Kreuzottern. Sie sind ineinander verschlungen. Auf dem Stein.«

Jetzt sah ich sie. Zwei Schlangen.

»Ja, da!«, rief ich, und endlich entdeckten die anderen sie auch. Wir staunten. Sie waren so nah. Ich hatte noch nie eine echte Schlange gesehen. Irgendwie hatte Heinrich sie heraufbeschworen, für mich. Und auf seinen Schultern war ich vor ihnen in Sicherheit und konnte sie einfach so beobachten.

»Sie lieben sich«, sagte Heinrich und sah meiner Mutter dabei in die Augen. Sie schaute nicht weg und hielt es lange aus, ohne zu blinzeln.

Als es weiterging, waren wir alle noch aufgekratzter, wegen der Schlangen, wegen Heinrich und allem. Karen beschwerte sich, sie könne jetzt auch nicht mehr laufen, sie wolle jetzt auch mal eine schöne Aussicht haben.

»Also gut, gerecht muss es sein.«

Heinrich hob mich herunter und stemmte Karen auf seine Schultern. Ihre Beine hingen ganz lang an ihm herunter, weil sie schon viel zu groß für so was war. Mattis verdrehte die Augen, das war für ihn Mädchenkram. Er kam mit einem Stein an.

»Das ist ein Kreuzotternei, seht ihr?«

»Tatsächlich!«, meinte Heinrich. »Das ist sehr selten, Mattis, pass gut darauf auf.«

»Ich nehme es mit, und zu Hause lassen wir die Babys schlüpfen. Die dürfen dann in deinem Zimmer schlafen, Nele.«

Ich hüpfte im Kreis herum. »Das macht mir nichts, ich hab keine Angst!«

Wir Kinder rannten voraus und wieder zurück, wir sahen überall Schlangen und Schlangeneier, hoben Stöcke auf und schlugen damit gegen Baumstämme, immer wilder wurden wir, die Gesichter rot, die Köpfe verschwitzt.

»Treibt es nicht zu bunt!«, rief meine Mutter, aber wir hörten nicht auf sie. Mattis hob einen schweren Prügel hoch und schwenkte ihn über dem Kopf.

»Heinrich, kannst du das auch?«, brüllte er.

Heinrich lief ein Stück ins Unterholz und suchte nach einem Stock für sich, Mattis hinter ihm her. Er heulte wie ein Indianer und drehte sich im Kreis, beide Hände an seinem Prügel; Heinrich bückte sich, Mattis drehte sich weiter, aber dann bekam er zu viel Schwung und konnte den schweren Ast nicht mehr halten. Er flog durch die Luft, und als Heinrich sich gerade erhob, traf ihn der Prügel mit einem dumpfen Geräusch am Hinterkopf.

Einen ganz kleinen Moment lang war es vollkommen still, sogar die Vögel verstummten und hielten die Luft an.

Und dann passierte es. Alles ging wahnsinnig

schnell. Heinrich rannte los, zu meinem Bruder hin, holte aus und schlug ihm mit der Faust ins Gesicht. Mattis flog nach hinten, viele Meter weit, so kam es mir vor, wie in einem Film. Er machte dabei ein kurzes, schlimmes Geräusch, es kam aus seinem Hals.

Ich starrte zu ihm hin. Er lag auf dem Waldboden und hatte Dreck und Blätter in den Haaren. Jetzt setzte er sich auf. Er schaute so verwirrt und erschrocken drein, dass er mir leidtat wie verrückt. Er langte sich ans Kinn. Seine Lippe blutete.

Ich fing an zu weinen.

Heinrich stand da. Er tastete seinen Hinterkopf ab und betrachtete dann die Hand, ob Blut daran war. Kein Blut.

Das war nicht gerecht.

Trotzdem, er tat mir auch leid.

Auf der Rückfahrt nach Hause sagte keiner ein Wort. Die Knöchel der Hand, mit der Heinrich Mattis geschlagen hatte, leuchteten ganz rot. Mein Bruder saß neben mir. Seine Arme hingen wie tot herunter. Karen summte leise vor sich hin. Ich tat, als würde ich schlafen.

Als wir anhielten, öffnete ich die Augen und sah, dass Heinrich seine Hand hinüber zu meiner Mutter legte. Auf ihr Bein. Sie bewegte sich nicht, starrte nur geradeaus. Keiner stieg aus. Karen summte nicht mehr.

»Heinrich?«, fragte meine Mutter, ohne ihn anzuschauen.

»Ja?«

»Meine Kinder werden nicht geschlagen.« Sie war vollkommen ruhig.

Heinrich antwortete nicht.

»Überleg dir, ob du das schaffst. Überleg es dir gut«, sagte sie.

Er stieg nur aus und öffnete mir von außen die Tür.

Ich kletterte hinaus.

»Tschüss, Nele«, sagte er.

»Tschüss.«

Dann legte er Mattis etwas in die Hand.

»Dein Schlangenei.«

Mattis schaute auf den Stein wie auf etwas Seltsames, Fremdes.

Spät abends schlüpfte ich noch einmal aus dem Bett und ging zur Toilette, obwohl ich gar nicht musste. Durch den Türspalt sah ich meine Mutter im Wohnzimmer vor dem Fernseher sitzen.

Im blauen Flimmerlicht sah sie bleich aus.

Xie Xie

Nele 1999

Der Schmerz kam schlagartig und sofort mit voller Wucht. Er fühlte sich anders an als alles, was ich kannte. Als würde mein Unterleib sich zur Faust ballen und gewalttätig werden.

Nach einer Aspirin und einer Stunde, die ich gekrümmt auf dem Sofa verbracht hatte, versuchte ich, Bert zu erreichen. Aber er war nicht im Büro, sondern unterwegs auf einer der Baustellen. Das kannte ich schon.

Wen konnte ich anrufen? Wen denn? Unsere einzigen Freunde hier wohnten außerhalb in Happy City, siebzig Kilometer entfernt. Und sie beherrschten ja auch nur ungefähr zehn chinesische Wörter, genau wie ich.

Blieb nur Greta, meine Assistentin. Sie war es gewohnt, am Sonntag angerufen zu werden. Wir waren es alle gewohnt. Aber Greta kam gerade heute nicht infrage. Auf keinen Fall.

Als hätte mein Körper das eingesehen, gab er plötzlich Ruhe. Schweigen da unten. Vielleicht bekam ich doch nur meine Tage. Vielleicht reagierte ich über, wieder einmal allein in dieser absurd großen Wohnung, gefangen zwischen Fensterscheiben, die sich nicht öffnen ließen. Ein Aquarium.

Ich sah hinunter auf das neue Shanghai. Novembersmog. Winzige Autos bewegten sich durch den gelblichen Nebel, aus dem halbfertige Hochhäuser ragten wie schlechte Zähne. Der Himmel darüber seit Wochen konstant grau und tief durchhängend, eine apokalyptische Lebensfeindlichkeit, so kam es mir vor. Am Horizont prangte grellrot leuchtend die Coca-Cola-Werbung, ein einsames Signal, eine letzte Assoziation: zu Hause.

Was mir am Freitag mit Greta passiert war, wäre vor ein paar Wochen noch undenkbar gewesen. Aber mein Heimweh hatte die letzte wütende Phase erreicht. Man fing an, alles zu hassen, wirklich alles zu verabscheuen, vollkommen beliebig. Jede Kleinigkeit nur ein weiterer Beweis für dieses Exil, moderne Sklaven waren wir, verschleppt in der Business Class.

Greta hatte in der Datei für die Präsentation wieder das falsche Logo verwendet, in dem das V mit dem W vertauscht war, sodass unsere schöne deutsche Marke, in der ganzen Welt mit solider Wertarbeit assoziiert, der Lächerlichkeit preisgegeben war. Diese Verballhornung hielt sich hartnäckig in den Dateien und brachte sämtliche Chefs und Chefchefs in null Komma null eins Sekunden auf hundertachtzig.

»Diese unendliche chinesische Blödheit!«, brüllte ich durchs Großraumbüro, außer Kontrolle geraten, eine Rassistin war ich. Und die Adressatin, Greta, stand auf, eine Chinesin, die sich ihren absurden Vornamen selbst verliehen hatte, aus Ehrfurcht vor den deutschen Vorgesetzten. Das war so üblich.

»Oh, vergessen«, flötete sie und trippelte auf ihren zehn Zentimeter hohen Lackpumps und in ihren Rüschenhotpants um den Schreibtisch herum. Sie war besonders umgänglich und bemüht in den letzten Tagen, weil es um ihre Hochzeit ging. Auch das war üblich, die Vorgesetzten erschienen zur Hochzeit und hielten Lobreden.

»Ich werde nicht zu deiner Hochzeit kommen«, herrschte ich sie an. »Und merk dir das endlich mit dem Logo. Merk es dir, Greta, hörst du?«

Ich konnte es nicht fassen. Was war aus mir geworden? Aber auch das war ja nur eine klägliche und eigennützige Reue.

Greta hatte gelächelt, sich umgedreht und war gegangen. Vielleicht hatte sie auf dem Klo geweint. Bestimmt sogar: Dieses Hochzeitsding war einfach extrem wichtig.

Der Schmerz kehrte zurück, und diesmal blieb mir die Luft weg. Ich bekam richtige, kalte, schweißnasse Angst. Und wählte doch Gretas Nummer, denn jetzt war es schon egal. Meine Assistentin ging jedoch nicht ran. Dieses eine Mal übernahm der Anrufbeantworter.

»Greta, hier ist Nele. Ich muss zum Arzt. Bitte, kannst du mich fahren und übersetzen? Es ist dringend, glaube ich.«

Ich wartete. In der Küche, über die Spüle gebeugt,

ständig ganz kurz davor, mich zu übergeben. Ich trank ein Glas Wasser.

Wie sterbensallein sie war, diese Frau in der Küche im neununddreißigsten Stock, mit dem Glas Wasser in der Hand. Sie war mir fremd.

»Ich bin's noch mal, Nele. Es tut mir leid, Greta! Melde dich, wenn du das hörst, bitte! Ich fahre jetzt mit dem Taxi ins Blaue Krankenhaus. Vielleicht ist Dr. Mayers da.«

Im Krankenhaus – ein Gebäude mit blauen Stahlstreben innen wie außen – tummelten sich Menschen jeden Alters, klein und schwarzhaarig, mit Plastiktüten voller Essen am Arm und mit Kindern im Schlepptau. Ein Tresen weiter vorne war anscheinend so etwas wie die Anmeldung. Ich musste drängeln, alle drängelten dorthin, alle wollten ja nur drankommen und wedelten mit Geldscheinen. Ohne Geld wurde hier niemand behandelt. Niemand. Ein Mann schubste mich, ich schubste zurück. Endlich vorne beim Tresen präsentierte ich ein Bündel Geldscheine und hielt eine Karte hoch mit dem chinesischen Wort für Schmerzen. Eine Karte für »Unterleib« hatte ich nicht, deshalb musste ich darauf deuten, eine Frau neben mir wegdrücken und wieder auf meinen Unterleib zeigen.

»Dr. Mayers? Ist Dr. Mayers da?«, fragte ich.

Keine Antwort. Nur eine Armbewegung, das hieß wohl nach oben, und ich ging nach oben. Die Treppe wollte gar nicht mehr aufhören, in meinem Unterleib ein schwerer Stein. Aber tatsächlich, da stand ein Wort, das ich lesen konnte: *Gynecology*. Ein Wartezimmer war auch da, dort war es merkwürdig still nach dem Tumult in der Eingangshalle. Frauen saßen auf Bänken, alle schauten auf den Fußboden. Blau. Nichts passierte. Ab und zu holte eine Schwester eine der Frauen ab, und eine neue Frau setzte sich dazu.

Ob es irgendwo ein Telefon gab? Wie sollte ich Bert erreichen? Vielleicht war er von der Baustelle schon zurück in seinem Büro.

Doch dann spürte ich die Feuchtigkeit. Ich sah an mir herunter. Ein dunkler Fleck breitete sich aus. Wurde größer und größer. Ich brauchte eine Toilette. Jetzt. Unbedingt. Ich hetzte den Gang entlang und suchte. Aus der Feuchtigkeit wurde Nässe, meine Socken sogen sich voll, die Turnschuhe, und dann gab es schon eine rote Spur; erst Tropfen, dann Schlieren.

Das Toilettenschild. Der Gestank wie eine Wand. Putzmittel, alter Urin und frische Exkremente. Nichts als eine Rinne, über die man sich hockte. Es war nur eine weitere Frau da. Sie hockte schon. Sah nicht auf. Ich zog meine Hose herunter und hockte mich auch hin. Ein hellroter Strahl lief aus mir heraus, als hätte man einen Hahn aufgedreht. Ich sah das Blut die Rinne entlangfließen, und die Frau neben mir entleerte sich. Sie war hochschwanger. Sie hatte sich einen Einlauf gemacht, die Utensilien lagen vor ihr auf dem Fußboden.

Was sollte ich tun? Unten suchten mich in Wellen die Krämpfe heim, es gab ja nur noch unten, oben war ich nicht mehr da, oben war ich leer. Und dann spürte ich mit einem Schwall ein Etwas aus mir herausschwemmen, ein Klümpchen. Es wurde ruhiger in mir ohne dieses Etwas, der Schmerz ließ nach, obwohl das Blut weiterfloss, immer weiter.

Ich fing an zu schreien. Die Frau neben mir schaute in die Rinne, und Entsetzen machte sich auf ihrem Gesicht breit. Sie jammerte etwas, ich verstand sie nicht und schrie weiter. Die Frau stand auf, säuberte sich hastig und kam zu mir her.

»Holen Sie Hilfe!«, flehte ich sie an.

Aber sie blieb da, nahm ein Stofftuch aus ihrem Bündel, zog mich hoch und presste mir das Tuch zwischen die Beine. Dann deutete sie auf sich und machte die Zahl drei mit der Hand, bevor sie auf meine Scham zeigte und wieder die Zahl drei machte. Sie hatte das drei Mal erlebt? War das ihre Botschaft? Standen mir noch zwei Mal bevor?

Die Frau lächelte jetzt und zeigte auf ihren hochschwangeren Bauch. Der Nabel war bereits ausgestülpt, es konnte nicht mehr lange dauern bis zur Geburt. Sie nahm meine Hand und legte sie auf ihren mächtigen Leib. In dem Moment wusste ich es. Erst jetzt kam bei mir an, was passiert war, der gespannte Bauch unter meiner Hand. Dr. Mayers hatte prophezeit, ich könne nicht schwanger werden. Zu wenig Hormone. Und doch war es geschehen. Und doch floss meine Schwangerschaft mit den Ausscheidungen dieser Frau den Abguss hinunter. Jetzt wusste ich auch, was sie mir hatte sagen wollen. Ich packte ihre

Hand, sie war ein Mensch, der letzte in einer menschenleeren Welt. »Xie Xie.« Danke. Mehr schaffte ich nicht mehr. Ich sackte zusammen, landete auf dem Boden, die Fußgelenke von der Hose gefesselt, Brechreiz bis zum Hals.

Die Frau rannte hinaus und holte eine Schwester. Die zerrte mich auf einen Rollstuhl, immer noch die Hose unten, und schob mich in einen Saal, in dem etliche Gynäkologenstühle nebeneinander aufgereiht standen. Auf allen bis auf einen warteten Frauen, die Beine gespreizt. Auf diesen einen wurde ich gehievt, eine Schüssel zum Auffangen des Blutes unter mir. Die Tropfen machten beim Aufschlagen auf das Plastik ein Geräusch, dann ein anderes, als die Schüssel sich langsam füllte.

Ich sah ein Telefon, unendlich weit weg auf einem Tisch. Neben mir gab ein Gerät die Herztöne eines Fötus wieder, und ich wurde ruhiger. Der Blutfluss hatte nachgelassen. Ich sah auf meine Füße, die nassen Socken, die Waden auf den Halterungen des Gynäkologenstuhls.

Und dann tauchte ein glitzernder Pandabär zwischen diesen Füßen auf, auf einem pinkfarbenen T-Shirt, eine schwarze Brille und eine Bärchenhaarspange.

Ich fing sofort an zu weinen. Greta umarmte mich.

»Chefin!«, rief sie. »Chefin!« Sie drückte mich fest. »Dr. Mayers kommt, ich habe gesagt, Sie sterben. Und Mann kommt auch, ich habe alle verrückt gemacht, und sie haben ihn gefunden.«

Ich schluchzte immer lauter und zitterte und hatte meine Stimme nicht mehr im Griff. »Greta, es tut mir so leid.«

Sie wischte das mit einer Handbewegung weg. »Das waren nur Hormone. Nicht Sie, Chefin, Hormone. Das sind Biester!«

Ich bemühte mich zu lächeln, heulte aber weiter wie ein kleines Mädchen. »Ich werde auf deiner Hochzeit …«

»Schluss damit. Erst Ausputzung, dann Hochzeit.«

Jetzt lächelte ich tatsächlich. »Ich war schwanger«, sagte ich plötzlich ganz ruhig.

Greta biss sich auf die Lippe, streichelte eine Weile über meinen Arm, beugte sich dann über mich und flüsterte: »Einmal schwanger, immer wieder schwanger. Sie müssen nur Sex haben. Bald!«

Sie kicherte. Und hielt einfach meine Hand.

Aber wenn es stimmt?

Max 2009

Ich heiße Max und gehe nicht auf eine normale Schule. Ich gehe auf eine Schule für Idioten. Meine Mutter sagt, ich soll das nicht sagen. Aber wenn es stimmt? Ich kenne keinen auf meiner Schule, der kein Idiot ist. Sogar Manuel ist ein Idiot, und er ist Klassenbester. Ich bin außerdem dick. Ich habe eine Brille und komische Zehen, die alle aus meiner Klasse eklig finden, ich auch. Deshalb darf ich keinen Sport machen. Ich darf nur Fahrrad fahren, und ich hasse Fahrrad fahren. Ich hasse Obst. Ich mag alle Süßigkeiten, die es gibt, wirklich alle. Ich stopfe sie in mich hinein, ich kann nicht anders. Mit Wurstbroten ist es genauso. Das einzige Essen, das ich mag und das meine Mutter auch gut findet, ist ein Schokomüsli, allerdings das knusprige. Sie freut sich, wenn ich wenigstens das esse, obwohl sie weiß, dass es fast genauso ungesund ist wie Nutella. Für sie ist es eben immer noch ein Müsli. Dass meine Mutter sich über mich freut, kommt nicht gerade oft vor. Sie hat wahnsinnig viele Probleme mit mir. Tja. Das sagt meine Oma Frieda immer: *Tja*. Ich muss jede Woche zur Ergotherapie und in die Beratung und alles. Ich bin nämlich verhaltensgestört. Wirklich. Sie haben es in der Schule gesagt, und meine Cousine Lena hat es auch zu mir gesagt. Weil ich sie in den Schwitzkasten genommen habe. So schlimm finde ich das auch wieder nicht, das macht Robin mit mir jeden Tag in der Pause, und er hält mich auch nicht viel kürzer fest als ich Lena damals, nämlich die ganze Pause lang. Dann habe ich keine Zeit mehr, was zu essen, und ich muss es im Unterricht machen. Na und? Aber sie petzen wieder bei meiner Mutter. Ehrlich gesagt: Was kann sie denn dafür, wenn ich im Unterricht esse? Und ich muss wieder zur Beratung, dabei ist es in Wahrheit Robin, der verhaltensgestört ist, weil sein Vater ihn schlägt. Robins Vater ist ein Arschloch. Mein Vater ist weg. Ich weiß, warum. Meine Mutter sagt, ich soll das nicht sagen, aber wenn es stimmt? Sie weiß es eigentlich auch. Mein Vater ist wegen mir ausgezogen. Das ist klar wie Kloßbrühe. Das sagt meine Oma Frieda immer: *Klar wie Kloßbrühe*. Ich habe sie streiten hören, meine Eltern, und es ging immer um mich. Einmal hat mein Vater gesagt: Es war eben ein Fehler. Tja. Und dann hat meine Mutter gesagt: Dann geh doch! Und er hat sofort seine Sachen gepackt und ist ungefähr eine halbe Stunde später aus dem Haus gegangen. Ich weiß das, weil die Simpsons immer noch liefen. Er ist nicht mehr wiedergekommen, nur ein einziges Mal, als er noch mehr von seinen Sachen geholt hat. Ich denke nicht daran, ihn zu besuchen. Er hat bloß darauf gewartet, dass meine Mutter sagt:

Dann geh doch! Er WOLLTE, dass sie das sagt. Ich vermisse ihn kein bisschen. Die Idioten in meiner Schule haben alle keinen Vater, außer Lisa und die bescheuerte Anna-Marie, die überhaupt keinen Vater verdient hat. Also vor der würde ich als Vater erst recht davonlaufen.

Wahrscheinlich können bloß Mütter bei Kindern bleiben, die Idioten sind. Sogar Adoptivmütter. Ich bin nämlich adoptiert. Manche Eltern holen sich ein Kind aus einem anderen Land, weil sie selber kein richtiges Kind machen können und weil es dort Leute gibt, die ihr Kind nicht haben wollen. Meine Mutter – ich nenne sie immer meine Mutter, obwohl sie mich nur adoptiert hat, die andere nenne ich Schlampe. Also meine Mutter sagt immer, ich soll das nicht sagen: SCHLAMPE. Und dass die Schlampe mich nicht haben wollte. Aber wenn es stimmt? Meine Mutter sagt, die Schlampe konnte mich nicht gut versorgen, weil sie Probleme hatte, und sie wollte nur, dass ich es gut habe. Aber als Kind hat man es nicht gut, wenn man adoptiert ist. Das sollte mal im Fernsehen kommen. Man kann das als Kind nämlich nicht verheimlichen. Alle wissen es. Der ist ja bloß adoptiert! Und wenn es Stress gibt, sagen sie, du hast ja nicht mal eine richtige Mutter. Kein Wunder, dass die Schlampe dich nicht haben wollte.

Meine Mutter tut so, als würde es ihr nichts ausmachen, dass ich nicht auf einer normalen Schule bin und außerdem fett. Und wieso weint sie dann? Ich hab gesehen, wie sie geweint hat. Tja. Da holen sich Eltern ein Kind aus einem anderen Land, und es ist sehr teuer, das Kind, und dann ist es ein Idiot und verhaltensgestört. Das haben die sich bestimmt anders vorgestellt. Wahrscheinlich dachten sie, ich gehe mal aufs Gymnasium wie alle meine Cousins und dass ich Fußball spiele. Oder Geige wie Lena. Meine Zehen waren allerdings schon verkrüppelt, als meine Eltern mich geholt haben. Ich weiß es, denn ich hab meine Mutter gefragt. Ich hätte an ihrer Stelle dann ein anderes Kind genommen. Ich hab auch gefragt, warum meine Zehen verkrüppelt sind und eklig aussehen. Meine Mutter hat nur gesagt, ich soll das nicht sagen, und mir keine Antwort gegeben. Ich weiß trotzdem, warum. Es war die Schlampe. Sie hat das gemacht. Sie ist nämlich wahnsinnig böse. Zum Glück dürfen die richtigen Eltern die Kinder nicht mehr sehen, wenn sie erst einmal adoptiert sind. Die richtigen Eltern dürfen dann gar nichts mehr. Nicht zum Geburtstag und nicht zum Schulanfang kommen und keine Geschenke bringen, nicht einmal anrufen. Die Schlampe würde mich eh nie anrufen, sonst hätte sie mich ja nicht ins Heim gesteckt. Das wäre unlogisch.

Vielleicht bin ich auch schon verkrüppelt auf die Welt gekommen. Das könnte sein. Und die Schlampe hat sich das Baby angeschaut, das aus ihr herausgekommen ist, so ganz blutig und verschrumpelt, und sie hat die Arme gesehen, die Finger, die Beine – und dann die Zehen. Ich kann mir das total gut vorstellen. Sie ist ganz starr geworden und hat die Augen aufgerissen wie die Frau in dem Film mit dem Menschenfresser. Und die Schlampe hat sofort gerufen, dass sie das Kind mit diesen ekligen Zehen nicht haben will.

Wer sein Kind ins Heim bringt, sollte eine Giftspritze kriegen wie in Amerika. Oder auf dem elektrischen Stuhl landen. Da kommen die Augen herausgequollen, das habe ich bei Robin in einem Film gesehen. Ich muss immer daran denken. Ich habe oft Angst, weil ich mir vorstelle, wie die Augen so herausquellen. Das war das Ekligste, was ich je gesehen habe. Außer der Frau, die vom Teufel besessen ist. Das war noch ekliger, und ich habe oft Angst, weil ich daran denken muss. Mit Robin schaue ich immer Filme an. Ich sage meiner Mutter, ich gehe Rad fahren, aber dann schiebe ich bloß zu Robin rüber und stelle mein Rad bei ihm in den Hauseingang. Robins Vater hat auch Sexfilme. Man kann alles genau sehen. Die Schlampen in den Filmen kriegen es so richtig besorgt. Das hat Robin gesagt. Und dass ich es bei ihm genauso machen soll, aber ich habe bloß die Hand genommen. Ich will keine Schwuchtel sein wie Thomas, mein Cousin, der Bruder von Lena. Er hat es selbst zugegeben, sie hat es mir erzählt. Oder ist es mit der Hand auch schwul? Ich weiß nicht. Wenn es jemals irgendwer erfährt, muss ich jedenfalls sofort Harakiri machen, wie der japanische Krieger in dem Film. Das ist klar wie Kloßbrühe. Dann werden alle sagen, der war ein schwuler Idiot und hatte verkrüppelte Zehen, aber: RESPEKT – DER HAT SICH AUFGESCHLITZT!

Ich habe oft Albträume. Jemand ist hinter mir her und hat ein Schwert oder eine Bohrmaschine oder eine Säge, und ich kann mich nur ganz langsam bewegen, ich komme nicht vorwärts. Wie ein Faultier. Ich habe eins im Fernsehen gesehen, es war auf einer Straße und wollte wegrennen, das war wahnsinnig gefährlich auf der Straße, aber das Faultier ist das langsamste Säugetier der Welt, es kann überhaupt nicht wegrennen, es kann sich nur in Zeitlupe bewegen. Und so ist das in meinem Traum auch, ich bin dann das langsamste Säugetier der ganzen Welt. Ganz kurz, bevor ich aufgeschlitzt oder aufgebohrt oder zersägt werde, wache ich auf und schreie, und meine Mutter kommt zu mir ins Zimmer und beruhigt mich. Manchmal schreie ich auch einfach so, nur damit sie kommt. Sie kommt immer. Sie redet ganz leise und riecht gut und streichelt mich. Aber das muss sie auch, sie ist ja meine Adoptivmutter. Da kann sie nicht sagen, sie lässt das Kind halt schreien, wenn es Albträume hat, weil sie lieber weiterschlafen will. Das geht nicht. Da käme das Jugendamt und würde ihr sagen, dass sie keine gute Adoptivmutter ist. Zu meinem Adoptivvater ist das Jugendamt nicht gekommen, glaube ich, aber der ist ja nur der Adoptivvater. Der kann ruhig abhauen. Sogar Manuels Vater ist abgehauen, und Manuel kann nächstes Jahr vielleicht auf die normale Schule. Nur Lenas Vater, der würde wahrscheinlich nicht abhauen, weil der ist ein Vater wie in den Filmen, die ich mit meiner Mutter anschauen darf. So Familienfilme halt. Da gibt es immer einen total netten Vater. Damit werden die Kinder, die sich das anschauen, für dumm verkauft. *Lass dich nicht für dumm verkaufen*, sagt meine Oma Frieda immer. Es gibt nur einen einzigen Vater auf der Welt, der so ist wie in den Filmen, und den hat Lena, meine Cousine. Für alle anderen ist keiner mehr übrig. Ich hasse Lena. Sie bildet sich auf ihren Vater und auf ihre Brüder was ein. Ich habe keinen Bruder. Zum Glück. Wenn Eltern ein eigenes Kind haben und dazu noch ein Adoptivkind, dann mögen sie das eigene Kind automatisch lieber. Ben ist Lenas großer Bruder, und er hat mich geschlagen, weil ich sie in den Schwitzkasten genommen habe. Wenn ich mit jemandem befreundet bin, habe ich oft Lust, diesen Menschen in den Schwitzkasten zu nehmen oder Brennnessel zu machen oder so. Ich würde auch gerne hineinbeißen. Wirklich. Tja. Das nennt man verhaltensgestört. Zum Glück passiert es nur selten, dass ich mit jemandem befreundet bin. Sonst hätte ich noch mehr Probleme und müsste praktisch jeden Tag zur Beratung. Lena sehe ich ja nur manchmal in den Ferien, wenn wir zusammen bei meiner Oma Frieda sind. Und die passt wahnsinnig gut auf, meine Oma Frieda, dass ich keinen Blödsinn mache. Sie meint, ich kriege dann so einen Blick, da sieht man genau: Jetzt passiert gleich was. Genau in dem Moment vorher sagt sie dann: *Max? Ich sehe dich.* Oder: *Max? Bring mir mal die Flasche Wasser aus der Küche.* Das hätte sie sagen müssen, an dem Nachmittag bei Robin, als wir die Sexfilme angeschaut haben und als das angefangen hat. Ich wäre sofort in die Küche gegangen und hätte Wasser geholt. Wirklich. Meine Oma Frieda kann wahnsinnig gut mit mir umgehen. Meine Mutter ist da nicht so die große Leuchte, finde ich. Wenn meine Oma Frieda immer da wäre, würde alles viel besser funktionieren, und ich hätte auch Lena nicht in den Schwitzkasten genommen. Es stimmt nämlich nicht, dass ich Lena hasse. Ich lüge ziemlich oft.

Robin und ich schwören uns auch jedes Mal, dass wir in Zukunft nicht mehr miteinander rummachen. Weil wir nicht schwul sein wollen und weil uns danach immer schlecht ist. Aber es gibt eine geheime Macht in uns. Sie ist stärker als wir. Wirklich. Es geht so los, dass wir komisch lachen. Wir sind es nicht selbst, es ist die geheime Macht, die lacht. Sie führt unsere Hände. Und wenn sie fertig ist, wird alles ganz kalt und grau, sie zieht alles aus uns heraus, die Macht, und Robin und ich schauen dann eine Folge *Two and a half men* an. Wir reden überhaupt nichts, und uns ist total schlecht. Ich muss dauernd daran denken, dass meine Mutter es erfährt und mich wieder ins Heim bringt. Das geht, man kann Kinder zurückgeben, wenn sie schweinische Sachen machen.

Mama? Ich wollte das nicht. Wirklich. Mama! Es ist dunkel. Ich schreie. Du musst kommen, Mama, ich hab Albträume, komm, bitte komm, dann kann ich sehen, dass du es nicht weißt. Ich werde mir Mühe geben und auf die normale Schule kommen. Ich gehe nicht mehr zu Robin. Nie mehr. Vielleicht bin ich vom Teufel besessen. Mama? Sie sagt, alles ist gut. Sie ist ganz warm. Sie sagt, du brauchst keine Angst zu haben. Du hast nur geträumt. Aber das stimmt nicht.

Sektor Ben

Mattis 2008

Er setzte sich widerwillig.

Sanne hatte den Tisch fürs Osterfrühstück gedeckt. Alles wie immer. Auf jedem Teller ein Schokoladenhase, daneben Servietten mit Kükenmuster, in der Mitte des Tischs eine Vase mit einem Strauß Narzissen.

Nur auf dem Stuhl, der immer Bens Platz gewesen war, türmte sich ein Haufen Bügelwäsche.

Das Ganze war für Mattis ein Theaterstück, ein makabres Schauspiel. Er hatte Mühe, sich ein Brötchen zu nehmen und sich Kaffee einzuschenken und Milch dazuzugeben und alles zu tun, so *wie immer*. Die anderen wollten es noch immer nicht wahrhaben. Als hätten sie sich verschworen: Sanne, seine Frau, Thomas und auch Lena, die Kleine. Als hätten sie eine Übereinkunft getroffen.

Doch er, Mattis, machte da nicht mit. Er war allein mit der Wahrheit.

Thomas hielt seiner Mutter wortlos die Tasse hin; sie sollte ihm Tee einschenken, weil sie die Kanne gerade in der Hand hielt.

»Du könntest Bitte sagen«, wies Mattis ihn zurecht. »Du könntest sagen: Schenkst du mir etwas Tee ein, bitte.«

»Ist das jetzt wichtig, ja?«

Thomas in diesem Ton, der Mattis wütend machte, jedes Mal wieder. Aber er wollte nicht streiten. Wollte Sanne ihr Osterfrühstück *wie immer* nicht kaputt machen, da hatte jeder mitzuspielen. Er auch. Deshalb klopfte er nur auf sein Frühstücksei und hielt den Mund.

»Ich mach mir Sorgen um die Kleine«, hatte Sanne ihm vorhin zugeflüstert, damit Lena und Thomas es nicht mitbekamen. »Sie weint viel.«

Die ist eben schon weiter als du, hatte ihm auf der Zunge gelegen, aber auch da schwieg er. Es war sinnlos, Sanne die Augen öffnen zu wollen. Sie hielt an ihrem *wie immer* fest, als ginge es um ihr Leben. Aber er wusste Bescheid. Ben würde nicht zurückkommen. Er war seit zehn Tagen verschwunden. Die Schule hatte angerufen, dass er trotz einer Klausur unentschuldigt gefehlt habe. Und dann hatte Sanne auf Bens Schreibtisch den Zettel gefunden.

ICH MACH MICH WEG. BEN.

Dem hau ich eine rein, war Mattis' erster Gedanke gewesen. Siebzehn und immer noch so ein scheißpubertäres Verhalten. Damit musste jetzt mal Schluss sein. Und dann hatte er seine Beziehungen spielen lassen, sofort war es mit der Handyortung losgegangen. Später dann ließ er die Kontobewegungen überprüfen und machte alle möglichen Aufrufe in Online-Portalen.

Sanne sprach seitdem ständig über den Zettel. Ben sei sicher nur abgehauen. Wegen dem Mädchen, das hätten doch seine Freunde gesagt, es gehe um ein Mädchen, eine Türkin. Meytab hieß sie, mehr wussten sie nicht.

Es ging oft um ein Mädchen in solchen Fällen. Sanne hatte keine Ahnung. Dass es letztlich »nur« um ein Mädchen ging, das machte all diese Jungs nicht wieder lebendig.

Bens Spur hatte sich in Basel verloren. Dort hatte er Geld abgehoben. Sein Handy war zuletzt in Stuttgart geortet worden. Nach zwei Tagen ohne ein Lebenszeichen war für Mattis die Sache klar: Irgendwann würden sie Ben finden. Mattis kannte die Verläufe von Berufs wegen. Er sah das ganz klar vor sich. Er hatte nicht das Glück, sich was vormachen zu können, er nicht.

Er beobachtete seine Tochter, die so viel weinte. Lena schob gerade ihre rosa Brille zurecht und verfolgte jede Bewegung ihrer Mutter. Dabei bröselte sie mit ihrem Brötchen herum, das sie mehr zerquetschte als aß, und ließ die Augen nicht von Sanne, die allen Orangensaft eingoss. Mattis bemerkte, dass ihre Hände zitterten und dass Thomas und Lena das auch sahen. Sanne stellte die Flasche mit dem Saft ab und lächelte, ein Lächeln wie aus einem Horrorfilm, ein Lächeln ins Nichts, ohne irgendwohin zu sehen, ohne dass sie überhaupt noch da war.

»Mama?«, rief Lena.

Sanne hörte auf zu lächeln und wandte sich der Kleinen zu. »Ja, Schatz, spiel nicht mit deinem Brötchen herum.«

»Ich hab keinen Hunger«, sagte Lena und kämpfte mit den Tränen.

»Na, dann komm her zu mir«, sagte Sanne und breitete die Arme aus.

Dass Ben seine kleine Schwester in dieses Unglück stürzte, das ging Mattis nicht in den Kopf, das konnte er nicht begreifen, von Berufs wegen nicht und als sein Vater erst recht nicht. Das würde er Ben nicht verzeihen, niemals. Bei der Beerdigung würde er als Vater etwas sagen müssen, irgendwas. Aber nicht, dass er Ben nie würde vergeben können.

Sanne und die zwei Kinder und er, das war nun eine Restfamilie, wie Untote saßen sie alle da, beim Osterfrühstück. Mit der Bügelwäsche auf Bens Stuhl.

Lena kletterte bei ihrer Mutter auf den Schoß und rückte wieder ihre Brille zurecht. Sanne strich ihr übers Haar und wiegte sie leicht.

Thomas stand auf und wollte gerade das Zimmer verlassen.

»Räum das Geschirr ab!«, sagte Mattis.

Thomas stöhnte, nahm sein Geschirr und klapperte besonders laut damit herum. Es lag Verachtung in dem, was er tat, auch Abscheu und eine Anklage.

Ein paar Minuten später ging in Thomas' Zimmer die Musik an, die Bässe dröhnten bis zu ihnen herunter. Sanne verschwand in der Küche und machte sich an der Spülmaschine zu schaffen. Lena folgte ihr und reichte ihr brav das Geschirr zum Einräumen. Sie redeten miteinander. Mattis stellte sich in den Türrahmen.

»Aber wann?«, fragte Lena gerade.

»Bald, Lena, bald. Dein Bruder ist ein großer Junge, der passt schon auf sich auf, wirst sehen.«

Mattis machte kehrt und ging nach oben, sein Büro lag im ersten Stock. Aber die Treppe hörte gar nicht mehr auf. Als müsste er einen Berg besteigen. Er schaffte kaum mehr die letzte Stufe. Die Musik aus Thomas' Zimmer war gute, alte Rockmusik, nicht dieser aggressive Rap, für den Ben sich begeistert hatte. Dann die Tür zu Bens Zimmer mit dem Schild, das er hingeklebt hatte: SEKTOR BEN: KEIN ZUTRITT.

Mattis öffnete die Tür, schloss sie aber gleich wieder. Er stand im Flur und erkannte einen Song von Judas Priest. Er hätte gute Lust dazu gehabt, die Tür mit dem Schild einzutreten und Sektor Ben auszuräumen, alles wegzuschmeißen, damit Sanne dieses Zimmer nicht konservieren, kein Museum daraus machen konnte.

Am selben Abend kam der Anruf.

Mattis hob ab. »Paulsen.«

»Auch Paulsen. Ich bin's, Ben.«

Mattis schwieg. Um ihn herum ein Nebel, ein Dunst, die Geräusche gedämpft wie von Schnee. Der Junge war tot. Der konnte nicht anrufen und einfach sagen: Ich bin's, Ben.

»Ich bin in der Schweiz.«

»Und?«

»Ich war in Barcelona.«

»Ach, Barcelona.«

Als wäre der Junge im Urlaub gewesen. Fast hätte Mattis gefragt, wie es denn so gewesen sei in Barcelona. Das Wetter, die Sagrada Familia und so weiter.

»Ich bin pleite.«

Es entstand eine Pause. Mattis hörte, wie sich Lena die Zähne putzte. Sie machte sich fertig zum Schlafengehen. Nachts würde sie wieder zu ihnen ins Bett schlüpfen und sich ganz klein machen mit ihrem ohnehin so kleinen Körper, um Sanne und ihn nicht zu wecken, um nicht weggeschickt zu werden. Dabei hätte niemand sie weggeschickt, jedenfalls nicht seit Ben verschwunden war.

»Dann komm wieder nach Hause«, sagte Mattis schließlich.

Wieder Pause. Sanne machte im Wohnzimmer mit der Wäsche herum. Sie hatte das Telefon nicht gehört, weil der Fernseher lief. Sonst stünde sie längst neben ihm, sonst wäre sie angerannt gekommen. Das Telefon war ihre wichtigste Verbindung zur Welt, in der ihr Sohn gerade unterwegs war und sie vielleicht brauchte.

»Das Handy gehört nicht mir. Ich muss Schluss machen«, sagte der Junge am Telefon, legte aber nicht gleich auf. Er wartete, doch Mattis fiel nichts ein, was er hätte sagen können, nicht mal eine Floskel, gar nichts.

Dann war die Verbindung unterbrochen.

Er stand im Flur, noch immer das Telefon in der Hand. Er musste den anderen Bescheid geben.

»War das Ben?«

Sanne hielt ein Fußball-Shirt von Thomas in der Hand. Ihre Augen riesig, die Lippen fast weiß.

»Ja.«

»Was ja? Was?«, rief sie und schlug ihm kräftig gegen den Oberarm.

»Er ist in der Schweiz. Er sagt, er ist pleite und dass er nach Hause kommt.«

Sanne starrte ihn an. »Bist du verrückt?«, fragte sie, jetzt wieder leise, ganz leise.

Warum sollte er verrückt sein? Er verstand sie nicht. Was hatte sie bloß.

»Warum hast du ihm nicht gesagt, dass du ihn holst? Er hat kein Geld mehr!«

Mattis überlegte, aber er wusste den Grund nicht. Es war ihm einfach nicht in den Sinn gekommen.

»Wie soll er nach Hause kommen, wenn er pleite ist? Wie denn?« Sie schlug noch einmal gegen seinen Arm.

»Wenn er es bis nach Barcelona geschafft hat, wird er es wohl auch bis nach Hause schaffen«, antwortete Mattis und wunderte sich darüber, wie schroff er sich anhörte. Das wollte er gar nicht.

»Ich kenn dich nicht mehr«, sagte Sanne, drehte sich um und ging ins Wohnzimmer, wo Lena im Schlafanzug auf dem Sofa saß und ihren Hamster streichelte.

Charly

Nele 1976

Karen hielt sich den Arm, er steckte vom Ellbogen bis zum Handgelenk in einem Gips, und sie hielt ihn mit der anderen Hand, ganz vorsichtig. Wir alle wussten: Oh der Arm, der tut weh! Den darf niemand berühren!

Der Arm war schlimm. Er lebte. Nicht wie ein Arm lebt normalerweise, er lebte für sich, ganz allein; und er dachte etwas, und er tat Karen weh. Ich wünschte, der Arm wäre weg, aber er war da.

»Ab ins Bett, dieser Tag ist jetzt zu Ende«, sagte meine Mutter. Anders als sonst standen Karen und ich sofort auf, um uns fertig zu machen.

»Ihr sollt ins Bett, habt ihr gehört?«, sagte Mattis. Obwohl wir schon dabei waren. Das machte er oft, und ich wurde so wütend davon. Aber heute nicht so sehr.

»Du auch!«, sagte Mutter.

»Was? Ich soll ins Bett? Die Mädchen sollen ins Bett!«

»Nein, du auch.«

Sie bestand darauf, aber es klang irgendwie schwach.

Mattis gab trotzdem sofort nach. Das störte mich, wenn Mattis jetzt auch noch anders war als sonst, wenn er nicht herummaulte und einfach ins Bett ging, zur gleichen Zeit wie wir Mädchen.

Alles war ruhig in der Wohnung. Heinrich war weg. Er hatte sich die Autoschlüssel und seine Jacke und seinen Geldbeutel gegriffen und war gefahren.

»Bist du jetzt zufrieden?«, hatte meine Mutter Karen gefragt.

Das war vor dem Arzt gewesen.

»Die Speiche ist gebrochen. Das ist ein Knochen im Unterarm. Was hast du denn gemacht?«

»Fahrrad gefahren.«

»Du bist mit dem Fahrrad gestürzt?«

»Ja.«

Ich hätte auch geschwindelt an ihrer Stelle. Aber ich konnte nicht so gut lügen wie sie, der Arzt hätte es bei mir sofort gemerkt.

»Dann hast du ja noch Glück gehabt!«, sagte er. »Das wird eine Weile wehtun, und unter dem Gips juckt es bald ein bisschen, aber alles wächst wieder zusammen. Sei nur mit dem Gips vorsichtig und schone den Arm. Er hat dich abgefangen, dein Arm, er hat verdient, dass du ihn schonst.«

Karen trug ihren Gipsarm nach Hause.

Es sah schlimm aus, wie sie ihn jetzt umständlich in den Schlafanzug steckte. Es dauerte ewig und sah schlimm aus.

»Ich will nichts mehr hören!«, sagte unsere Mutter und machte das Licht aus.

Wir schwiegen eine Weile, Karen und ich, zwischen uns der Teppich auf dem Boden und die Luft, einfach nur Luft zwischen unseren Betten. Karens Bettdecke raschelte überhaupt nicht, sie lag ganz still.

»Tut es noch weh?«, fragte ich.

»Ja.«

»Warum hast du nicht geweint?«

»Ich hab geweint, aber nicht gleich.«

»Dein Arm ist gebrochen.«

»Nur die Speiche. Das ist nur ein ganz kleiner Knochen. Den braucht man eigentlich gar nicht.«

»Aber er ist gebrochen.«

»Na und? Lass mich in Ruhe.«

Ich drehte mich zur Wand, dann wieder zum Zimmer, und Karen lag immer noch so da, dass sie überhaupt kein Geräusch machte. Zwischen uns war nur die Luft, sonst nichts.

»Spielen wir Tiernamen?«, fragte ich.

»Nein.«

»Spielen wir lange Wörter?«

»Nein.«

Ich machte die Augen zu. Heinrich war noch nicht zu Hause. Er schlief dort, wo er hingefahren war, das war an einem See. Er fuhr meistens zu einem See in ein Hotel. Aber nicht immer. Ich wusste nicht, wo er war.

Ich hörte ein Schniefen auf der anderen Seite der Luft.

»Weinst du, Karen?«

»Nein.«

Am nächsten Tag war Heinrich immer noch weg, und Karens Arm wurde ganz blau, wo er nicht eingegipst war. Es war Samstag, wir mussten nicht in die Schule. Karen rollte ihren Schlafanzugärmel hoch und setzte sich mit dem blauen Arm an den Tisch.

Meine Mutter schaute die ganze Zeit auf den Arm und den Gips, Mattis und ich auch. Karen frühstückte und passte dabei auf ihren Arm auf, sie war sehr vorsichtig. Ich aß ein Brötchen mit Nutella, das gab es nur am Wochenende und nur manchmal. Meine Mutter hatte rote Augen, sie hatte geweint, obwohl sie erwachsen war. Ich nahm mir vor, nie wieder mit Heinrich zu sprechen. Nie mehr. Ich hasste ihn. Ich würde ihn nicht ansehen, wenn er wiederkam.

»Wo ist Heinrich?«, fragte ich.

»Weg, das siehst du doch«, sagte Mattis.

»Wann kommt er wieder?«

Mattis zuckte nur mit den Schultern.

Als wir am Abend den Schlüssel in der Wohnungstür hörten, wussten wir gleich, dass es Heinrich ist. Sein »Hallo!« hallte durch die Wohnung.

Keiner antwortete ihm, und keiner lief zur Tür. Aber ich beobachtete ihn durch den Türspalt. Es tat ihm leid, das konnte ich sehen. Er hängte seine Jacke an die Garderobe. Ich nahm mir vor, wie ein Stein zu sein, kalt und hart. Ich konnte sehr hart sein. Ich machte ein hartes Gesicht.

»Hallo Nele!«, begrüßte er mich.

Ich drückte schnell meine Zimmertür zu. Dann öffnete ich sie wieder einen Spalt. Er ging zu meiner Mutter in die Küche. Aber sie redeten nicht. Es war still in der Küche, meine Mutter ließ nur manchmal Wasser laufen oder schepperte mit Töpfen herum.

Heinrich kam zu uns ins Zimmer. Karen beachtete ihn nicht. Sie hatte den Ärmel wieder hochgekrempelt wegen dem Arm. »Der braucht Luft, der Arm!«, hatte sie gesagt. »Dann heilt er schneller.«

»Ich habe euch was mitgebracht«, sagte Heinrich.

Karen und ich sahen uns an. Wir waren nicht neugierig. Wir waren ganz kalt.

»Hier ist es drin.« Er hielt eine Schachtel vor unsere Nasen. Die Schachtel war oben am Deckel gelöchert. »Es ist kein Hund. Eure Mutter hätte mich umgebracht.« Er lachte.

Wir guckten auf den Karton, aber wir wollten hart und kalt bleiben, Karen und ich. Heinrich stand nur da und hielt die Schachtel, und ich strengte mich an, ihn zu hassen.

»Ist es lebendig?«, fragte ich.

Ich musste doch wissen, ob es ein Tier war. Vielleicht brauchte es Futter oder etwas zu trinken.

»Karen, schau nach«, bat Heinrich meine Schwester.

Sie blieb sitzen. Karen war stärker als ich, weil sie älter war. Ich war erst sieben.

»Was ist es?«, fragte ich.

»Eine Schildkröte.« Er lächelte.

Eine Schildkröte. Das ist schlimm, wenn man von einem Geschenk enttäuscht ist. Ich wollte sofort sterben, so schlimm war das. Heinrich tat mir leid. Aber eine Schildkröte!

Da streckte Karen ihren blauen Arm mit dem Gips aus und langte nach der Schachtel. Sie kam mir vor wie ein Roboter, sie war vielleicht gar nicht Karen, sondern eine Maschine, und meine Schwester Karen war vielleicht tot. Oder wir alle. Nur die Schildkröte nicht.

Karen sah vorsichtig in den Karton, nickte und nahm ihn Heinrich aus der Hand.

»Danke«, sagte sie. Aber man merkte, dass sie es nicht so meinte. Sie tat nur so. Mit so was machte sie Leute wütend, aber sie *wollte* genau das: Leute wütend machen. Vielleicht war sie verrückt und musste in ein Krankenhaus.

»Und, schon zu Abend gegessen?«, fragte Heinrich.

Wir gingen in die Küche. Mattis aß nicht mit uns. Meine Mutter redete nicht. Karen hielt sich den Arm. Die Schildkröte versteckte sich in ihrem Panzer.

»Sie hat Angst«, erklärte Heinrich. »Ihr müsst sie langsam an euch gewöhnen. Schildkröten können uralt werden. Sie kann noch leben, wenn ihr erwachsen seid.«

Karen wollte die Schildkröte mit ins Bett nehmen.

»Das geht nicht«, sagte meine Mutter.

»Sie muss sich an uns gewöhnen, hat Heinrich gesagt!«

»Ach so, hat Heinrich das gesagt, ja? Die macht dir das Bett voll, das kommt überhaupt nicht infrage.«

»Ich kann sie in ihrer Kiste mit ins Bett nehmen!«, rief ich.

»Ja, mit der Kiste, das ist eine gute Idee«, fand Heinrich auch und stellte die Kiste von der Schildkröte in mein Bett.

»Willst du sie haben, Karen?«, fragte ich Karen, als das Licht aus war. »Mit der Kiste?«

»Nein.«

»Ich kann mit ihr zu dir ins Bett kommen. Dann gewöhnen wir sie an uns und warten, bis sie herauskommt.«

Karen antwortete nicht.

»Tut der Arm noch weh?«

»Was denkst du denn?«

»Ich komme jetzt.«

Ich trug die Kiste hinüber, und wir stellten sie zwischen uns ins Bett. Karen machte ihre Taschenlampe an. Sie öffnete die Vorderseite der Kiste, und da lag sie, die Schildkröte. Sie versteckte sich immer noch in ihrem Panzer. Heinrich hatte ihr ein Salatblatt hingelegt.

»Wie soll sie denn heißen?«, fragte ich.

»Erst muss sie rauskommen.«

Wir warteten. Darauf, dass die Schildkröte den Kopf herausstreckte. Es dauerte wahnsinnig lange. Der blaue Arm sah im Licht der Taschenlampe aus wie von einer Wasserleiche. Ich hatte schon eine gesehen, im Fernsehen. Leichen machten mir wahnsinnige Angst.

»Vielleicht ist sie tot?«, fragte ich nach einer Weile.

»Sie kennt unseren Geruch nicht. Sie braucht Zeit.«

Wir warteten.

»Bist du auch so müde?«, fragte ich.

»Ja, ich schlaf gleich ein.«

»Ich auch.«

Wir warteten.

»Nele«, flüsterte Karen plötzlich und tippte gegen meine Hand.

»Ja?«

»Sei leise, sie kommt raus.«

Ich hielt die Luft an.

Sie kam wirklich. Zuerst ihr Mund. Sie lächelte ein bisschen. Sie hatte bestimmt Angst, trotzdem sah es aus, als würde sie lächeln. Ganz langsam schob sie ihren Kopf heraus, immer ein Stückchen weiter, bis wir ihre Augen sehen konnten. Immer noch weiter, sie streckte sich nach dem Salatblatt. Ihr Hals sah faltig und ein bisschen eklig aus, aber ihre kleinen schwarzen Augen, die waren wunderschön. Sie schaute uns an. Karen kicherte. Sie freute sich. Ich mich auch.

Die Schildkröte zog den Kopf wieder ein und verschwand in ihrem Panzer.

»Wie soll sie denn jetzt heißen?«, fragte ich.

»Sie ist auf jeden Fall ein Mädchen«, sagte Karen.

»Woher weißt du das?«

»Ich weiß es eben.«

Wir schwiegen eine Weile.

Dann sagte Karen plötzlich: »Sie heißt Charly.«

Wir schauten eine Weile auf Charlys Panzer, aber Charly kam nicht mehr heraus.

»Ich mag sie«, sagte ich.

»Ich auch«, sagte Karen.

Ich dachte fest an Charly, an ihren komischen, faltigen Hals und an ihre wunderschönen Augen. Wenn ich ganz fest an sie dachte, würde ich von ihr träumen.

Hollywood

Mattis 2016

»Fährst du zur Beerdigung?«

Es war Nele, seine kleine Schwester. Sie hatten lange nicht mehr telefoniert.

»Du hast wohl auch die SMS bekommen«, gab er zurück, um Zeit zu gewinnen. »Dass unsere Mutter das noch zu Wege bringt … Erstaunlich, findest du nicht?«

»Und? Fährst du?«

»Muss ich denn fahren? Es geht um eine Schildkröte.«

»Unsere Schildkröte, Mattis. Es geht um Charly.«

»Sie war mehr eure Schildkröte. Nicht meine. Ich hätte gern ein Aquarium gehabt.«

»Fährst du hin oder nicht?«

»Und wenn ich nicht fahre? Siehst du, ich hab Angst vor dir.« Er lachte.

»Können wir ernsthaft reden?«, fragte sie.

»Über Charly etwa? Willst du eine Grabrede halten?«

»Warum nicht? Wir könnten alle mal wieder zusammenkommen. Eine Familienfeier. Wir drei, Karen, du und ich, wir packen die Kinder ein und besuchen unsere Eltern, bringen vielleicht die Villa ein bisschen in Ordnung, den Garten. Wir nehmen uns ein ganzes Wochenende. Wir könnten eine Wanderung zum Herzogstand machen.«

»Ist das nicht zu amerikanisch? Zu sehr Thanksgiving, zu sehr Hollywood?«

»Eine Familienfeier ist zu sehr Hollywood? Warum das denn?«

Warum. Er wusste es nicht.

Doch, er wusste es. Sanne und die Kinder würden ihn sicher nicht begleiten. Er würde allein fahren müssen.

»Dann bleib zu Hause«, sagte Nele. »Da bist du ja sowieso am liebsten, unten in deinem Keller. Aber Karen wird kommen, und ich fahre mit Max hin.«

»Jetzt *soll* ich zu Hause bleiben? Warum hast du mich dann angerufen?«

»Mattis, ich sage dir weshalb, aber du wirst es nicht verstehen. Ich hätte dich gerne dabei. Deshalb rufe ich an. Ich würde dich gerne sehen, obwohl du ein emotionaler Krüppel bist. Habe ich dir das schon einmal gesagt?«

»Ja, schon oft. Vielleicht bin ich ein emotionaler Krüppel, weil du es so oft zu mir gesagt hast. Es könnte sein, dass du mich damit erst zu einem emotionalen Krüppel gemacht hast, verstehst du? Und Sanne hat dein Werk vollendet. Sie hat es auch immer wieder gesagt. Als würde man einem Kind immer sagen, dass es dumm ist. Es wird irgendwann automatisch anfangen, sich wie ein Dummkopf zu verhalten, und schlechte Noten nach Hause bringen; und dann wird es auf die Hauptschule gehen und keinen Abschluss machen, weil das Kind immer blaumacht und nie seine Sachen dabeihat und weil es ein Störenfried ist. Irgendwann wird es dann zum Schulpsychologen verdonnert, und der sagt zum Vater, dass sein Kind – tja – nun einmal nicht die hellste Leuchte im Lampenladen sei. Und der Vater antwortet, das sei ihm schon sehr früh klar gewesen.«

»Wie läuft es mit Sanne?«

»Weißt du, dass es manchmal grauenhaft war mit dir und Karen und unserer Mutter? Ich war der einzige Junge.«

»Wir haben dich alle geliebt. Und zu dir aufgesehen. Du warst mein großer Bruder. Sei das doch mal wieder. Sei einfach mal wieder Mattis, mein großer Bruder.«

»Dann sieh doch mal wieder zu mir auf.«

Nele lachte.

Es war vielleicht keine schlechte Idee, dieses gemeinsame Wochenende. Charly beerdigen. Auf den Herzogstand wandern. Es konnte schön werden mit Nele und Karen und den Kindern.

»Wir sollten nach unseren Eltern sehen«, sagte Nele. »Ich weiß nicht, wie sie zurechtkommen. Ich hoffe, sie fahren nicht mehr Auto.«

»Der alte Taunus springt sowieso nicht mehr an. Und sie meinen, es geht ihnen gut.«

»Ja, das *meinen* sie. Aber ist dir nichts aufgefallen? An Heinrich, meine ich?«

»Heinrich ist wie immer.«

»Nein, er kommt mir bedrückt vor. Du könntest mitfahren und mit ihm reden.«

Mattis schwieg. Er stand im Flur, links ging es in den Keller hinunter, rechts zu den anderen ins Wohnzimmer. Es war Donnerstag, Sanne sah sich mit Lena die Sendung mit der Klum und den Models an. Da durfte man auf keinen Fall stören.

»Ich könnte mit ihm spazieren gehen«, schlug er vor. »Wie früher. Durchs Moos.«

»Ja, dann kommst du vielleicht an ihn heran. Irgendwas stimmt nicht mit ihm.«

»Und da bin ausgerechnet ich der Richtige? Ein emotionaler Krüppel?«

»Eine Krähe erkennt die andere am Gefieder, Bruder.«

»Du hast ein freches Mundwerk, Schwester.«

»Früher mochtest du das.«

»Das stimmt.« Er sah auf die Wohnzimmertür. Sie war nur angelehnt. Stimmen aus dem Fernseher. Lenas Lachen.

»Dann kommst du?«, fragte Nele.

»Wann soll die Party steigen?«

»Charly liegt erst einmal in der Tiefkühltruhe. Wie wäre es Anfang Juni? Das Pfingstwochenende? Treffpunkt Freitagabend?«

»Zum Hühnerfrikassee?«

Nele machte ein würgendes Geräusch. »Mama darf auf keinen Fall in die Küche gelassen werden«, sagte sie.

»Wir lassen uns was einfallen.«

Sie lachten beide.

Er legte das Telefon zurück auf die Aufladestation und dachte an ein Glas Whiskey. Das hatte er sich jetzt verdient. Großer Gott, eine Familienfeier! Um eine Schildkröte zu beerdigen. Er würde im Stau stecken bleiben, Freitagnachmittag war die Hölle auf den Straßen los. Aber er konnte auch den Zug nehmen. Warum nicht? Er war schon ewig nicht mehr Zug gefahren.

Er stand an der Kellertreppe und lächelte. Ja, er lächelte dumm vor sich hin. Ein Glücksgefühl überkam ihn, eine Vorfreude, ein Gefühl wie früher, wenn Heinrich ihnen einen Ausflug versprochen hatte und sie, die Kinder, Pläne schmiedeten und alles vorbereiteten.

Er öffnete mit Schwung die Tür zum Wohnzimmer. Sanne und Lena saßen eng beieinander unter einer Decke und sahen ihn an, zwischen den Augenbrauen die gleiche missmutige Falte, bei Sanne tiefer und weitaus missmutiger.

»Ich fahre Pfingsten nach Murnau«, eröffnete er ihnen.

Sie starrten ihn an, als hätte er verkündet, er würde sie für immer verlassen. Dann wandten sich beide demonstrativ wieder dem Fernseher zu.

»Wegen der Beerdigung. Kommt ihr mit?«

Im Fernsehen stritten sich die Models. Sanne und Lena verfolgten gebannt das Geschehen, sie wollten mehr davon, sie fieberten mit, sie wollten Blut sehen, so schien es Mattis.

»Das gibt es doch nicht!«, schrie Lena.

»Die spinnt doch!«, rief Sanne, um dann gleich betont erwachsen hinterherzuschieben: »Das ist nicht echt, Lena, sie geben das vor, es ist ein Skript, verstehst du?«

»Ach, Mama. Ein bisschen echt ist es immer.«

»Und, kommt ihr mit?«

»Pfingsten?«, fragte Lena, ohne zu ihm hinzusehen. »Zu Oma und Opa?«

»Ja. Übers Wochenende. Vielleicht machen wir eine Wanderung.«

»Wandern! Is' klar!« Lena verdrehte die Augen. Aber dann sagte sie: »Okay.«

»Wirklich?«

»Ich kenne Charly, seit ich klein war«, antwortete sie, als wäre ihr Vater begriffsstutzig.

»Und du?«, fragte er Sanne.

Auch sie sah ihn nicht an, sondern war scheinbar wieder in den Fernseher vertieft. Die Models wurden zu dem Streit befragt, sie lästerten übereinander. »Ich halte mich da heraus«, meinte eine. »Ich komme mit beiden gut aus. Wir stehen alle sehr unter Druck.«

Erstaunlich. Sie war sehr hübsch, die junge Frau, hatte blendend weiße Zähne und ein makelloses, waches, kluges Gesicht.

»Ich komme auch mit«, sagte Sanne plötzlich.

»Schön. Ich freue mich. Wir nehmen den Zug. Und packt etwas Schwarzes ein. Wegen der Beerdigung.«

Die beiden nickten synchron und sahen weiter auf

den Bildschirm. Mattis schloss leise die Tür hinter sich. Er konnte es nicht glauben. Bestimmt kam den beiden noch etwas dazwischen. Er ging nach unten und schaltete den Fernseher ein, ebenfalls die Sendung mit den Models. So viele hübsche Mädchen.

Dann tippte er eine Nachricht in die WhatsApp-Familiengruppe:

> PFINGSTEN FAMILIENTREFFEN IN MURNAU. WEGEN CHARLY. SANNE UND LENA SIND DABEI. TANTE NELE UND KAREN AUCH. BEN? THOMAS?

Gut so

Heinrich 1973

Er fuhr selbst. Er wollte sie nicht einem Taxifahrer anvertrauen, Inge und das Kind, das jetzt zur Welt kommen würde. Sein Kind. Seine Familie. Es war so weit. Alles erfüllte sich jetzt. Alles war so, wie es sein sollte. Er fuhr seine Frau ins Krankenhaus, weil die Wehen eingesetzt hatten. Sie kamen in regelmäßigen Abständen, er hatte die Zeit gestoppt. Die erste hatte Inge so heftig gepackt, dass sie sich übergeben musste. Das war wohl normal. Sie waren beide unerfahren, und Inge war ja in allem ein wenig hilflos. Er war stark, aber sie nicht.

Sie stöhnte auf dem Rücksitz, die Schmerzen mussten schlimm sein, eine neue Welle brach herein, Inge schrie.

Er musste ruhig bleiben. Er nahm nicht die Hauptstraße, wegen des Verkehrs, er kannte die Schleichwege. Und wenn er nicht schnell genug war? Wenn die Schmerzen nicht normal waren? Wenn etwas passierte? Nein, es gab gute Ärzte, es war nicht mehr wie früher, mitten im Krieg, als seine kleine Schwester tot auf die Welt gekommen war. Die Zeiten waren so viel besser geworden. Er war Ingenieur, er wurde gebraucht, er konnte für seine Familie sorgen. Die Wohnung war modern, mit Bad und drei Zimmern, eines für das Kind; alles war vorbereitet.

Er hatte die Namen ausgesucht, Alexander oder Christa. Inge war erst nicht einverstanden gewesen, aber Alexander war der Name seines Vaters gewesen, gefallen im Krieg. Christa hätte die kleine Schwester heißen sollen, die tot und mit verkrüppelten Füßen geboren wurde.

»Es war gut so«, hatte die Großmutter gesagt.

»Es war gut so«, hatte der Vater geschrieben. »Sei nicht traurig, Heinrich, du musst stark sein und den Großeltern auf dem Hof helfen, bis ich zurückkomme. Dann kannst du wieder bei uns leben. Deine Mutter freut sich schon so darauf.«

Das stimmte nicht. Die Mutter hatte Heinrich aufs Land gebracht und auch zwei Jahre nach dem Krieg noch nicht wieder zu sich geholt. Sie hatte ihn fast nie besucht.

Und er war froh darüber gewesen.

»Der Heinrich, das ist ein übler Sturkopf«, hatte sie der Großmutter gesagt. »Dem darfst du nichts durchgehen lassen. Schlag ihn ruhig, wenn es notwendig ist. Und es wird notwendig sein!«

Der Vater war nie wiedergekommen.

Doch das alles war jetzt nicht mehr wichtig.

Ach, würde es doch ein Alexander werden. Aber auch eine kleine Christa würde ihn glücklicher machen, als er es je gewesen war.

Er übergab Inge den Schwestern, es waren Nonnen mit Hauben. Ernst und korrekt waren sie, sie wussten genau, was zu tun war, das sah man ihnen an. Sie legten Inge auf ein Bett und schoben sie davon. Sie hatte eine Wehenpause und winkte ihm zu. Sie lächelte.

Und er musste nun warten, genau wie die anderen Väter. Er schaute ihnen beim Herumlaufen zu und wunderte sich darüber, wie ruhig er dasitzen und warten konnte.

Vielleicht war es wirklich gut so gewesen für die kleine Christa. Verkrüppelte Kinder wurden damals getötet, das hatte er in einem Bericht gelesen. Die Ärzte und Krankenschwestern gaben ihnen nichts zu essen, sodass sie verhungerten. Das waren bestimmt keine Nonnen gewesen. Es war bestimmt woanders geschehen, nicht in einem katholischen Krankenhaus.

Aus dem Kreißsaal kamen Schreie, und eine der Nonnen schloss die Tür zum Warteraum, damit die Väter die Schreie nicht mehr hören konnten. War das Inge? Bis zur Geburt konnte es noch Stunden dauern, es war das erste Kind.

Er wartete.

Um kurz nach drei Uhr nachmittags kam eine der Nonnen auf ihn zu.

»Es ist ein Junge. Haben Sie einen Namen?«

»Ein Junge?«

Heinrich schloss die Augen. Manchmal gingen Wünsche in Erfüllung.

»Der Name!«

»Alexander. Ist er wohlauf?«

»Mutter und Kind wohlauf.«

»Darf ich zu ihnen?«

»Gehen Sie nach Hause, es gibt hier nichts für Sie zu tun.«

»Aber ich will zu ihnen, geht das nicht, Schwester?«

»Nein, das geht nicht. Morgen, kommen Sie morgen wieder.«

»Morgen, erst morgen?«

»Vergeuden Sie nicht unsere Zeit. Ihre Frau muss sich erholen, und wir kümmern uns um das Kind.«

Er wollte nicht, dass diese Frau sich um das Kind kümmerte. Sie hatte kein Herz.

»Bitte! Nur ein Blick auf meinen Sohn! Das macht doch nichts! Nur ein Wort zu meiner Frau!«

»Säuglinge sind anfällig. Wollen Sie ihn gefährden? Fragen Sie morgen nach.«

Sie verschwand einfach. Ihr gestärktes Gewand raschelte.

Er wurde wütend. Er wollte sich beschweren, jemanden anschreien. Aber was nützte es, er musste doch vernünftig sein. Ein Sohn! Mutter und Kind wohlauf! Da musste er doch warten können, nur eine Nacht.

Er schlief nicht. Er wälzte sich hin und her. Die Uhr auf dem Nachttisch tickte viel lauter als sonst. Ihre Zeiger leuchteten und bewegten sich kaum, es war, als stünden sie still. Alexander – morgen würde er ihn sehen, schon morgen, wie er wohl aussah? Welchen Charakter würde er haben, später, als Mann? Sollte er etwa so werden wie sein Vater, ein Wutnickel? Oder hatte er Inges Weichheit und Stille geerbt, ihre Sanftheit? Ihre Schwäche? Waren wirklich beide wohlauf? War es nicht üblich, den Vätern Frau und Kind vorzuführen? Er hätte die anderen Väter fragen sollen, schalt er sich.

Am Morgen kaufte er Rosen. Er durfte nicht immer den Teufel an die Wand malen. Er musste insgesamt zuversichtlicher werden. Er trug jetzt Verantwortung. Das Leben fing doch gerade erst an. Wer von zu Hause her keine richtige Familie hatte, musste sich selbst eine erschaffen. Sonst würde so jemand ewig umherirren, ein Geist, immer auf der Suche, ohne Anker, ohne Hafen, ohne Halt.

Heute war eine andere Nonne da, alt, ebenso unwirsch.

»Das Kind hat alles, was es braucht. Morgen können Sie es sehen. Ihre Frau ist schwach. Einige Untersuchungen müssen abgeschlossen werden.«

»Was, morgen? Welche Untersuchungen?«

Er konnte es nicht fassen. Doch bevor ihm etwas einfiel, was er hätte sagen können, war die Nonne schon wieder fort. Die Wut stieg wieder in ihm hoch, er musste aufpassen, er wusste, wie es ausging, wenn er sich nicht im Griff hatte. Dann machte er Dummheiten. Dann machte er etwas kaputt. Sie durften im Krankenhaus doch kein schlechtes Bild von ihm bekommen. Sie sollten es nicht an Inge und Alexander auslassen.

Er fing eine andere Schwester ab, er wolle einen Arzt sprechen, er müsse wissen, was es mit den Untersuchungen auf sich habe. Er ging zur Pforte und wandte sich dort an eine Dame.

»Da kann ich Ihnen auch nicht helfen. Da müssen Sie schon Geduld haben.«

So ging es weiter, drei Tage lang.

Manchmal kam es Heinrich vor, als würde er verrückt. Oder als wäre er eine Figur in einem bösen Spiel, das nicht zu durchschauen war. Er aß nichts, er rief niemanden an. Was sollte er auch sagen? Er spazierte am Fluss entlang, aber es war kein Spaziergang, er marschierte, die Leute kamen ihm entgegen mit Hunden und Kinderwägen, sie waren ihm fremd, als stammten sie vom Mars. Sie achteten nicht auf ihn, für sie war er ein einsamer Mann, der nicht wusste, wohin mit seiner Zeit.

Er hatte sich Urlaub genommen. Die Tage waren endlos. Abends sah er fern, wusste aber hinterher nicht, was sie gezeigt hatten, es glitt an ihm vorbei, die Nachrichten, eine Musiksendung. Nachts ließ er das Radio laufen. Es sollte nicht still sein in der Wohnung. Im Bett bekamen all seine Sorgen noch schärfere, rasiermesserscharfe Konturen, und er malte sich aus, was geschehen war. Inge war tot. Verblutet. Sie war bereits im Keller bei den Leichen. Oder sie lag im Sterben, jetzt, gerade in diesem Augenblick, fiebrig, schwer atmend, die Ärzte hilflos. Gab es das noch, das Kindbettfieber? Heutzutage ging doch alles hygienisch zu. Oder das Kind war verkrüppelt, und sie hatten es getötet! Die Nonnen mit ihrer Scheinheiligkeit, sie waren damals auch dabei gewesen, und die Priester hatten die verhungerten Kinder im Garten hinter dem Kloster beerdigt. Im Allgäu war das geschehen, sein Kollege stammte von dort und hatte es erzählt. Hatte Alexander die verkrüppelten Füße geerbt? Aber heute konnte man das doch operieren, oder nicht? Heute hätte die kleine Christa nicht tot zur Welt kommen müssen. Alexander tot? Oder war er ein Idiot, sabbernd, schielend, mit Händen wie Pfötchen?

Der Morgen dämmerte und ließ Licht durch die Vorhänge. Im Radio begann die Sendung für die Frühaufsteher, die zur Arbeit mussten. Aus dem Badezimmerspiegel glotzte ihn ein Gesicht an, blass, mager, die Augen rot, dunkle Ringe darunter. Heinrich rasierte sich.

Es war der vierte Tag. Heute würde er sich nicht heimschicken lassen. Und wenn er die Nonne erschlagen und die Türen eintreten musste. Ja, er würde zum Verbrecher werden, wenn sie ihn heute nicht zu Inge und Alexander ließen. Er konnte nicht mehr. Die Wut brannte in seinem Kopf, er wollte sich nicht mehr im Griff haben, wollte keine Geduld mehr haben.

»Ich will meinen Sohn sehen«, sagte er barsch.

Die Nonne wich zurück, es war die alte. Jetzt hatte sie Angst vor ihm!

Dann fasste sie sich jedoch und musterte ihn. »So, so!«

»Ich will meinen Sohn sehen, hören Sie!« Er hörte seine eigene Stimme durch das Stockwerk hallen. Alexander sollte ihn ruhig hören. Er sollte ruhig wissen, dass sein Vater sich nicht alles gefallen ließ. »Sonst will ich den Arzt sprechen. Und den Direktor!«

Er nahm einen Stuhl, hob ihn ein paar Zentimeter an und stieß ihn mit Wucht wieder auf den Boden. Die Nonne zuckte zusammen, baute sich dann aber vor ihm auf, ihr Gewand raschelte und roch nach Waschmittel, sie stemmte die Hände in die Hüften.

»Das ist ja ein feines Benehmen in einem Krankenhaus!«, sagte sie höhnisch und wollte sich abwenden.

Das ging doch nicht! Was war nur los? Er atmete tief durch. »Sie können mir doch sagen, wenn etwas nicht stimmt«, flehte er.

»Beherrschen Sie sich. Mutter und Kind brauchen Ruhe, Sie Flegel!«

»Aber warum? Früher sind die Frauen am nächsten Tag aufs Feld.«

»Früher sind die Frauen im Kindbett gestorben. Was glauben Sie eigentlich, wer Sie sind? Gehen Sie jetzt!«

Er stöhnte auf. Die letzten drei Tage, die Wut, die Angst und die Sorge, alles drängte von unten in seinen Kehlkopf, in seinen Mund, und heraus brachte er nur dieses Stöhnen, es war erbärmlich. Er war ein erbärmlicher Wicht. Er schaffte es nicht, zu seiner Frau durchzukommen, zu seinem Sohn.

»Nein!«, rief er und stürmte auf die Nonne los. »Nein, ich gehe nicht!«

Zwei wartende Väter starrten ihn an. Einer schüttelte den Kopf.

»Was ist?«, brüllte Heinrich ihn an und trat gegen den Stuhl, der krachend umkippte.

Ein Arzt kam herein. Endlich ein Arzt. Ein junger Arzt, nicht aus der Zeit vorher.

»Herr Doktor, bitte, ich will doch nur meinen Sohn sehen und meine Frau!«

Tränen stiegen Heinrich in die Augen, wie peinlich, aber das war ihm egal. Er war Vater geworden, und wie behandelte man ihn? Er ließ sich von niemandem so behandeln.

»Herr Schmied, beruhigen Sie sich doch. Natürlich dürfen Sie Ihren Sohn sehen. Schwester Ursula, das muss doch möglich sein, nicht wahr?«

Die Nonne mochte den Arzt nicht, das merkte man gleich. Er hatte das Sagen, gegen ihn war sie machtlos, da half auch die gestärkte Haube nichts mehr. Sie musste nachgeben und führte Heinrich den Gang entlang, den er nie hatte betreten dürfen, wo sie ihn in einen weiteren Warteraum setzte. Vor ihm ein Fenster, wie ein Schaufenster, dahinter ein geschlossener Vorhang. Wieder wartete Heinrich.

Dann öffnete sich der Vorhang, und er konnte durch das Fenster in einen weiß gekachelten Raum blicken, an der Wand standen aufgereiht die Bettchen mit den Babys darin. Die meisten schliefen, zwei schrien lauthals, sie schrien sich förmlich die Seele aus dem Leib. *Das kräftigt die Lungen*, dachte Heinrich.

Eine junge Schwester im Kittel, keine Nonne, nahm

eines der schlafenden Babys heraus, hob es hoch und zeigte es ihm. Es schlief einfach weiter, die riesigen Hände der Schwester um den Brustkorb gelegt, die Beinchen in der Luft. Es hatte rabenschwarzes Haar. Das Gesicht war glatt und schön, nicht wie das der Schreihälse. Heinrich sah auf das blaue Bändchen am Handgelenk, die Schwester bemerkte es, hob den Arm des Jungen ein wenig an und deutete auf den Namen, der auf das Bändchen geschrieben war: Alexander Schmied.

Ja, das war er, sein Sohn. Ein Zigeunerkind. Die Großmutter hatte doch immer gesagt: »Heinrich, du Zigeunerkind! Die vielen schwarzen Haare!«

Alles war dran an dem Jungen, wie es schien, alle Finger, zwei Ohren, ein gesundes Gesicht, aber die Füße im Strampler?

Sie sahen in Ordnung aus.

Die Schwester legte das Kind zurück ins Bettchen, strich über das viele schwarze Haar, sah zu Heinrich hin und lächelte. Dann schloss sie den Vorhang. Sie hatte ein Herz für ihre Schützlinge, das sah man gleich. Bei ihr konnte Alexander ruhig ein Weilchen bleiben. Bei ihr war er gut aufgehoben, bis er nach Hause kam.

Vielleicht würde doch noch alles gut werden. Alexander, sein Sohn, der aussah wie er, Heinrich Schmied, Nachkomme von Alexander Schmied, Glasermeister, gefallen im Krieg, Nachkomme eines Kunstschmieds aus einer Familie, die seit Generationen Schmiede hervorbrachte, die angesehene Handwerker im Dorf waren. Niemand würde das Kind je schlagen dürfen, niemand. Es sollte endgültig vorbei sein mit den Schlägen. Auch wenn es ein Zigeunerkind war, ein Sturkopf mit rabenschwarzem Haar. Zeiten änderten sich!

Heinrich setzte sich einen Moment. Er rieb sich über das Gesicht und richtete sich auf. Jetzt wollte er zu Inge.

»Ihre Frau hat eine Wochenbettpsychose.«

Heinrich schaute auf die Hände des Arztes, feingliedrig, fast zart, sie lagen verschränkt auf dem Schreibtisch. Der Arzt war verheiratet, er trug einen Ehering.

Heinrich war müde. Er hatte so lange auf dieses Gespräch gewartet. »Was ist das, eine Wochenbettpsychose? Ist meine Frau verrückt geworden?«

»Sie ist krank. Stark verwirrt. Sie hört Stimmen und fühlt sich verfolgt. Ihre Frau kann ihrem neugeborenen Kind derzeit nicht das geben, was es braucht. Deshalb wird es weiter auf der Säuglingsstation von unseren Schwestern betreut. Ein gesunder Junge.«

Hinter dem Arzt hing ein Bild, ein van Gogh. Kornblumen. Heinrich dachte an die Felder im Frühsommer, damals auf dem Dorf, weithin sichtbar die blauen Tupfen zwischen den Ähren und entlang der Wege. War denn alles verloren? Wurde denn nichts endlich heil, nichts, wie es sein sollte?

»Inge war schon immer ein wenig … schwach«, sagte er. »Zart besaitet, sagt man wohl. Aber ich dachte, ihr Kind würde sie doch lieben und versorgen.«

»Das wird sie, Herr Schmied. Sie braucht nur etwas Zeit.«

»Wird sie denn wieder gesund?«

»Ja. Wir geben ihr starke Medikamente.«

»Wie bekommt man das, eine Wochenbettpsychose? Ist etwas vorgefallen?«

»Nein, nichts. Eine normale Geburt. Aber der Hormonabfall, wissen Sie. Wenn es eine erblich bedingte Anfälligkeit gibt, dann kann der Hormonabfall nach der Geburt die Psychose auslösen.«

»Meine kleine Schwester kam tot auf die Welt, sie hatte verkrüppelte Füße.«

»Das kann vorkommen, aber das eine hat mit dem anderen nichts zu tun. Es gab wohl eine Tante mütterlicherseits mit psychischen Problemen. Die Eltern Ihrer Frau haben es mir berichtet. Und eine Urgroßmutter.«

»Die wussten es? Die wussten, dass es in der Familie jemanden mit einem Dachschaden gibt? Und haben nichts gesagt?«

»Hätte es denn etwas geändert, Herr Schmied? Wenn sie es gesagt hätten? Sie lieben doch Ihre Frau.«

»Früher hat man die Erbkranken umgebracht.«

Der Arzt sah nun selbst auf seine Hände und drehte an dem Ehering. »Und? War das richtig?«, fragte er. »Sie müssen jetzt stark sein, Herr Schmied. Für Ihre Frau und Ihr Kind. Denken Sie nicht an die unseligen Zeiten, denken Sie an jetzt. Wer wird das Kind betreuen?«

Heinrich sank ganz zusammen auf seinem Stuhl. Woher sollte er sie noch nehmen, die Stärke? Wie sollte er wieder arbeiten gehen? Wohin mit Alexander? Nein, er, Heinrich, mit dem Namen und den Pranken eines Schmieds, er war dem nicht gewachsen. Er war nicht stark, er sah nur so aus. Er war nur ein Zigeunerkind, das es rein zufällig zu etwas gebracht hatte. Der erste Akademiker in der Familie. Und was nützte es ihm? Nichts. Er war nicht Herkules.

»Kopf hoch, Herr Schmied. Ihre Frau wird gesund, und ein normales Leben beginnt. Sie werden sehen.«

Beim Ausgang gab es einen Kiosk, an dem sich Heinrich einen Kaffee und eine Wurstsemmel holte. Er hatte noch nicht gefrühstückt. Die Semmel schmeckte wie Pappe, aber der Kaffee tat ihm gut. Frisch aufgebrüht. Er nahm noch einen Schluck, stand in der Eingangshalle herum, er wollte nicht nach Hause. Die Pforte, der glänzende Linoleumboden, Schilder, Gänge, Türen, ein Aufzug, eine Treppe. An der Fensterfront eine riesige Topfpflanze, wohl etwas Exotisches, eine Palmenart vielleicht, sie war bestimmt einmal prächtig gewesen, doch jetzt verkümmerte sie. Eine Frau saß hinter der Pflanze auf dem Fensterbrett, leicht zusammengekauert, als wollte sie sich verstecken. Doch das war ein schlechtes Versteck, die Pflanze trug kaum noch Blätter, und noch dazu hatte die Frau ein orangefarbenes Kleid an, das hinter der Pflanze aufleuchtete. Das Kleid war kurz, die Beine der Frau nackt.

Vielleicht war Inge ein Fehler. Ja, jetzt stellte es sich heraus: Er, Heinrich, hatte die falsche Frau geheiratet. Er biss sich auf die Lippe. Das durfte man nicht denken. In guten wie in schlechten Tagen, hatten sie einander geschworen. Er war nicht einer von denen, die gleich die Flinte ins Korn warfen und sich eine Neue suchten. Er war gegen diese modernen Ansichten.

Die Frau hinter der Pflanze gehörte bestimmt zu diesen Hippies, die im Englischen Garten herumgammelten. Die großen Ohrringe, das lange, offene Haar, die Armreifen und die bunten Stiefel. Trotzdem, sie war schön, diese Frau. Schauen durfte man wohl. Da war nichts dabei. Die nackten Beine. Sie hielt wie er einen Becher Kaffee in der Hand, aber sie trank nicht. Sie starrte nur in die verkümmerte Pflanze hinein, ohne sich zu bewegen; bestimmt nahm sie gar nicht wahr, was um sie herum geschah. Vielleicht war diese Frau verrückt, genau wie Inge. Vielleicht hörte sie Stimmen, die gerade jetzt zu ihr sprachen.

Sie fing an zu weinen. Sie hielt sich eine Hand vors Gesicht, die andere Hand mit dem Becher in der Hand zitterte, gleich würde sie etwas verschütten, ihre Schultern zuckten, sie weinte heftig, sie schluchzte. Einen kurzen Moment dachte Heinrich, er hätte sie zum Weinen gebracht, allein durch seine Gedanken. Dann tat sie ihm leid, und er ging zu ihr hin. Er holte sein Taschentuch aus der Jackentasche und hielt es der Frau hin, es war sauber und frisch gebügelt.

»Kann ich Ihnen helfen?«, fragte Heinrich.

Sie schaute ihn an, als wäre er ein seltsames Tier, das sie noch nie gesehen hatte. Sie zog die Augenbrauen zusammen und schien zu überlegen, ob dieses Tier gefährlich war oder nicht. Dann schüttelte sie den Kopf.

»Wollen Sie?« Er hielt ihr wieder das Taschentuch hin.

Sie besah das Tuch mit ihrem sonderbar nachdenklichen Ausdruck im Gesicht. Dann nahm sie es, wischte sich das Gesicht ab und schnäuzte sich die Nase.

»Sie dürfen es behalten. Warum weinen Sie denn?«

»Mein Mann ist sehr krank. Und jetzt wird er verlegt nach Oberstaufen.«

»Aber das ist doch sicher gut, wenn er verlegt wird? In Oberstaufen kann man ihm bestimmt helfen, Ihrem Mann.«

Sie schüttelte den Kopf und fing wieder an zu weinen, die großen metallenen Ohrringe klimperten in ihrem langen Haar. Wie schön sie war, diese Frau. Sie rührte ihn. Er hätte mit ihr mitweinen können, doch er nahm sich zusammen.

»Sonst würde man ihn doch nicht verlegen. Sie dürfen die Hoffnung nicht aufgeben. Er wird gesund werden.«

Ach, diese Phrasen. Hatte er sie nicht gerade selbst

zu hören bekommen? Klangen sie nicht wie Hohn in den Ohren all derer, die Kummer hatten?

»Ich habe drei Kinder, wissen Sie«, eröffnete ihm die Frau unvermittelt.

»Das ist schön.«

Sie sah ihn an mit ihren großen, rotgeweinten Augen. Was sie wohl dachte. Sie war keine von den Gammlern im Englischen Garten, sondern verheiratet und hatte Kinder. Wären sie sich doch nur früher begegnet. Was wäre ihnen alles erspart geblieben.

Es war böse, so zu denken. Das war schlecht und gemein. Und es schickte sich nicht, mit dieser Frau zu sprechen. Sie musste ihn für einen Schwerenöter halten. Er war Ehemann und Vater.

»Ja, Sie haben recht, das ist schön«, sagte sie und lächelte ihn an. Ein winzig kleines, trauriges, zartes Lächeln. Es machte ihn fast ein wenig glücklich.

»Der Große heißt Mattis, dann kommt Karen und dann die kleine Nele.«

»Schöne Namen, aber keine bayerischen, nicht wahr?«

»Nein. Mein Mann kommt aus dem Norden.«

Heinrich holte einen Bleistift aus dem Sakko und suchte nach einem Zettel, fand aber nur ein Kaugummipapier. Darauf schrieb er seine Telefonnummer.

»Wenn Sie etwas brauchen. Nicht dass Sie etwas Falsches denken, ich bin auch verheiratet. Aber wenn Sie etwas brauchen, genieren Sie sich nicht. Ich heiße Heinrich Schmied.«

Sie nahm das Kaugummipapier in die gleiche Hand

wie das Taschentuch und studierte die Nummer. Dann richtete sie den Blick wieder in die Pflanze hinein. Sie war nicht verrückt. Sie war nur durcheinander und jetzt ein wenig verlegen.

»Leben Sie wohl«, sagte er. »Und viel Glück für Oberstaufen!«

Die Frau nickte und winkte zum Abschied zaghaft. Ihre Hand war so klein, fast eine Kinderhand.

Ganz einfach

Frieda 1974

Sie wankte durchs Dorf. Wie betrunken. Sie setzte einen Fuß vor den anderen. Im Kopf ein Rauschen. Der Mantel zu dünn, sie fror. Sie ging einfach weiter.

Das war kein Dorf wie früher mit Kirchturm, Schule, Weiher. Es war mehr eine Ansammlung von Kureinrichtungen: moderne Hotels mit mehreren Stockwerken, eine Trinkhalle mit Heilwasser (es schmeckte nach Seife), noble Cafés, in denen die Kranken ihren Weißwein in kleinen Schlucken zu sich nahmen – das einzige Vergnügen, das ihnen während der Genesung zugestanden war. Ein Schwimmbad, dampfend, die Scheiben beschlagen.

Um diese Uhrzeit jedoch lag alles dunkel und verschlossen, keine Weintrinker, keine Schwimmer, das ganze Dorf wie ausgestorben, nur wenige Straßenlaternen bildeten runde Höfe aus gelbem Licht. Die Pforten der Kliniken und Kurhäuser schlossen um einundzwanzig Uhr, jetzt war es kurz nach elf. Alles lag in den Betten, schlief und wurde gesund.

Sie setzte sich auf eine Bank. Blickte auf einen leeren Platz. Sie zitterte, zog den Schal enger. Im Turm ganz am Ende des Dorfes brannte Licht. Der Turm überragte die dazugehörige Klinik, das Schwimmbad, die Hotels, das kleine Gemeindehaus und jedes andere Gebäude, ja sogar das Tal, er war weithin sichtbar, auch von den Gipfeln aus, die von den Genesenen erklommen wurden.

Der Turm kam Frieda jetzt vor wie ein Dämon, in dem eine böse Seele hauste. Er lauerte über der Klinik, über dem Dorf, wartend auf Neuzugänge, sich seiner Sache ganz sicher. Er thronte über den Kranken, und nicht alle würden Genesung finden, nicht alle würden wieder nach Hause fahren und von der strengen Diät erzählen, vom Weißwein, von den Kneipp- und Schrotkuren, von den Mahnungen der Ärzte: »Geben Sie weiter auf sich acht.«

Frieda sah auf die Uhr. Es war noch immer kurz nach elf. Sie stand auf und ging weiter. Sie kannte hier niemanden. Sie konnte nur zurück in die Klinik und die Übernachtung in Anspruch nehmen, die man ihr angeboten hatte. Nur für diese Nacht. Aber sie wollte nicht zurück.

Sie hatte zugestimmt, dass Karl hierher verlegt wurde, in dieses Dorf, in diese Klinik. Weg von daheim und weg von den Kindern. Sein Schreien in der Nacht. Sie hatte ihn im Wohnzimmer gefunden, er krallte sich in die Lehnen seines Sessels und schrie und schrie, wurde ein ganz anderer, nicht mehr ihr Karl, ein anderer Mann, ein Tier fast. Die Schmerzen kamen in Wellen, erst bäumte er sich auf unter ihnen, dieses Entsetzen im Gesicht, und begann, hastig zu atmen, nach Luft zu ringen. Und dann schrie er, ein Tier, er weckte Mattis auf, der stand in der Tür, sie schickte ihn zurück in sein Bett, Mattis, die Kinder, sie sollten das nicht hören, sie würden das doch niemals mehr vergessen und nicht mehr loswerden. Karl musste weg, besser, er war hier und allein unter der Woche, und sie besuchte ihn am Wochenende. Die Kinder konnten so lange zur Großmutter in die Villa, das war wie Ferien für die Kinder, der große Garten, die riesigen Zimmer, während der Opa jeden Tag Leibspeisen kochte und Karl in den Turm verlegt wurde. Dorthin kamen die Sterbenden, aus dem Turm kam keiner mehr lebend heraus.

Es war Freitag. Mit dem Zug um achtzehn Uhr zweiunddreißig war sie angekommen, Karl hatte gewartet, wie immer, er lag da und wartete, die ganze Woche über, den ganzen Freitag lang, und als sie kam, packte er ihre Hand und schaute sie an, der Blick trüb vom Morphium. Der ganze Mann hatte sich verändert, von den Schmerzen zermürbt; ja, sie hatten ihn kleingekriegt, die Schmerzen, sie hatten ihn gebrochen. Ihn, Karl, der sogar den Krieg überstanden hatte, die Verwundung und alles danach. Haut und Knochen war er, konnte kaum sprechen, nur mehr flüstern, und er bedeutete ihr mit einem knochigen Finger, den er winkend krümmte, sich zu ihm zu beugen, ganz nah heranzukommen an seinen ausgemergelten Schädel. Er griff den Ärmel ihres Pullovers, zog sie noch näher zu sich her, ihr Ohr nun direkt an seinem Mund, damit sie ihn hören, ihn verstehen konnte, als er sagte: »Wie schön du bist.«

»Kommen Sie«, hatte der Pfarrer gesagt. »Es macht nichts, wenn Sie nicht beten möchten. Sie sollten hier nicht so allein sein. Kommen Sie.«

Sie brauchte nur zur Kirche zu gehen. Daneben das Pfarrhaus. Zu jeder Uhrzeit, hatte er gesagt. Sie läutete. Das Haus lag ganz im Dunkeln. Er schlief bestimmt schon, der Pfarrer. Ob sie ihn wirklich wecken sollte? Er war ein sympathischer, großer, attraktiver Mann. Ob er sie umarmen würde? Was für ein Unsinn. Sie stand unschlüssig vor dem Pfarrhaus herum. Drückte dann noch einmal auf die Klingel. Sie hörte das Läuten innen im Haus. Kein Licht ging an. Sie sah auf die Uhr. Immer noch kurz nach elf. Sie wollte nicht in der Klinik auf der Liege schlafen, die man ihr angeboten hatte. Für eine Nacht.

Am Ende der Straße eine Telefonzelle. Natürlich! Sie musste jemanden anrufen! Man rief doch jemanden an. Hatte sie Kleingeld? Ja.

»Hallo!«, rief Mattis fröhlich am anderen Ende der Leitung. Ihr Ältester. Es war doch schon kurz nach elf!

»Mattis, warum bist du noch wach?«, fragte sie streng.

»Mama, der Strom ist weg. Wir mussten alle Sachen aus dem Kühlschrank mit zur Oma nehmen. Wir können nicht nach Hause. Der Strom ist weg, Mama.«

»Was?«

Es gab ein Geräusch, dann war ihre Mutter dran.

»Gut, dass du anrufst, Kind. Was für eine Aufregung. Ich habe die Kinder abgeholt, wie du es gesagt hast, von der Schule und vom Kindergarten, und dann wollten wir nur schnell zu euch und die Sachen holen. Aber sie haben dir den Strom abgeschaltet. Bist du denn von allen guten Geistern verlassen? Wie sollen die Kinder in einer Wohnung ohne Strom leben? Ich weiß, dass es schwer für dich ist. Aber du hast Kinder. Du hast Verantwortung. Warum hast du denn nichts gesagt?«

Das Rauschen wieder im Kopf. Frieda verstand nicht mehr, was die Mutter sagte. Auf dem Boden der Telefonzelle lagen Zigarettenstummel und Papierchen herum. Man dachte immer, in der Zelle müsste es wärmer sein als draußen, aber das stimmte nicht. Es war drinnen genauso kalt.

»Bist du noch dran?«, fragte die Mutter.

»Ja«, sagte Frieda. »Mama?«

»So geht das nicht weiter mit dir, Kind, du stehst ja völlig neben dir.«

»Mama!«

»Ja?«

»Karl ist tot. Er ist gestorben.«

»Was?« Ihre Mutter schluchzte sofort los.

Warum weinte sie denn? Frieda verstand es nicht. Sie hatten es doch gewusst. Hatte der Arzt nicht gesagt, Oberstaufen wäre die letzte Station? Dann die Verlegung in den Turm.

Seltsam, dass die Mutter jetzt so weinte.

Frieda sagte noch einmal: »Er ist gestorben.«

Und erst jetzt, in diesem Moment, als sie es sich zum zweiten Mal sagen hörte, hatte sie Karl vor Augen, und er war eine Leiche. Nichts als eine Leiche, ein Toter, Karl, ihr Mann.

»Mama, was soll denn jetzt werden?«

»Was jetzt werden soll?« Ihre Mutter fasste sich schnell. »Ganz einfach, du gibst die Wohnung in München auf und ziehst zu mir in die Villa. Hier ist Platz genug, und die Kinder sind hier schon fast zu Hause. Und dann suchst du dir Arbeit.«

»Pah! Ich komme bestimmt nicht zurück!«

Es kam einfach so aus ihr heraus, unbeherrscht und böse.

»Dann hör mir mal zu, liebes Kind«, sagte die Mutter. »Sie haben dir den Strom gesperrt. Wovon willst du leben? Karl dürfte dir kaum etwas hinterlassen haben. Deine drei Kinder brauchen etwas zu essen und einiges mehr. Sie sind übrigens das, was bleiben wird von deinem Karl, nicht mehr und nicht weniger. Willst du, dass das Jugendamt sie dir wegnimmt? Willst du das? Deine Kinder werden ins Heim kommen, so sieht es aus. Schlimm, was passiert ist, Kind, ja, ein Schicksalsschlag. Aber ich werde nicht zulassen, dass du auch das noch kaputt machst, was du als Einziges zustande gebracht hast in deinem Leben, und das sind meine Enkelkinder mit Namen Mattis, Karen und Nele. Du ziehst zu mir, dann kannst du dir deine Wunden lecken und den lieben Gott verfluchen, ich gebe dir drei Monate. Und dann suchst du dir Arbeit. Wozu hast du eine Ausbildung? Du kannst in die Stadt pendeln. Die Kinder sind tagsüber bei mir gut aufgehoben. Besser als bei dir und deinem Künstler. Er konnte nicht einmal eure Stromrechnung bezahlen!«

»Mama, er war krank!«

»Schluss jetzt! Sollen deine Kinder bei fremden Leuten aufwachsen und vor die Hunde gehen?«

Frieda warf Geld nach, ihr letztes. Zum Glück hatte sie die Rückfahrkarte schon. Sie dachte an die Liege in der Kammer im Turm neben Karls Krankenzimmer. Sie hatten ihn weggebracht. Er musste nach München überführt werden. Das würde ihre Mutter bezahlen müssen. Wie die Beerdigung und das Grab.

Sie sah auf den leeren Platz hinaus. Die Sparkasse gegenüber war noch beleuchtet, das Licht brannte wohl die ganze Nacht. Ihre Mutter redete immer weiter. Der Kirchturm schlug zweimal an, es war halb zwölf. Frieda hielt den Hörer von sich weg, er war warm geworden in ihrer Hand. Die Stimme der Mutter kam aus dem Lautsprecher heraus und klang wie die von Micky Maus.

Frieda dachte: Niemals. Nur dieses eine Wort, es wiederholte sich in ihrem Kopf: niemals, niemals, niemals. Sie würde niemals in die Villa und zu ihrer Mutter zurückkehren. Nein, sie würde für Karen einen Hort suchen, für Nele würde sie einen Ganztagesplatz im Kindergarten bekommen. Nur für Mattis brauchte sie jemanden, vielleicht die Nachbarin. Sie und ihr Mann, Frieda und Karl Paulsen, sie hatten Freunde in Schwabing. Irgendwer würde ihnen beistehen. Und sie würde sich Arbeit suchen, da hatte die Mutter schon recht: Wozu hatte sie eine Ausbildung?

Ich werde mit Karl sprechen, dachte sie. *Er hat bestimmt nichts dagegen. Er ist ein guter Ehemann, kein Tyrann wie andere. Vielleicht kann er mittags für die Großen kochen und Nele vom Kindergarten abholen. Karl malt doch hauptsächlich nachts. Wir hätten die ewigen Geldsorgen los! Karl wird nicht zulassen, dass ich zurück in die Villa muss.*

Frieda starrte auf eine obszöne Zeichnung an der Scheibe direkt vor ihr. Die Zeichnung verhöhnte sie. So wie der Turm, das Tal, das Dorf. Alles lachte. Karl würde ihr nicht mehr helfen können. Sie war allein, mit Mattis, Karen und Nele.

Sie hielt den Hörer wieder ans Ohr, wollte etwas sagen, brachte aber nichts heraus.

»Komm erst einmal her, Kind«, schloss ihre Mutter. »Dann reden wir weiter.«

»Mama, ich sage es den Kindern, nicht du! Ich spreche mit ihnen, hörst du?«

»Ist ja gut.«

»Schwörst du es mir? Ich komme morgen mit dem ersten Zug.«

»Komm nach Hause, dann sehen wir weiter.«

Frieda legte auf. Es war immer noch halb zwölf. Sie schob die Tür der Telefonzelle auf. Nun war es draußen doch kälter als drinnen.

Niemals, ging es ihr wieder durch den Sinn. Den

ganzen Weg hoch zur Klinik, die Treppen im Turm hinauf, immer nur: niemals, niemals, niemals. Aber wie sollte sie die Stromrechnung bezahlen? Wen konnte sie fragen? Sie hatte ja schon überall Schulden.

Die Schwester bot ihr eine Schlaftablette an, aber Frieda wollte keine. Sie legte sich auf die Liege in der Kammer. Es kam ihr seltsam vor, aber sie war ganz ruhig.

Carpe diem

Heinrich 1975

Etwas über siebzig Mark, das war doch keine große Summe. Er gab es ihr gerne. Für die Stromrechnung. Frieda Paulsen war so glücklich.

»Das ist meine Fahrkarte in die Freiheit!«, rief sie und wedelte mit den Scheinen vor seiner Nase herum.

Erst viele Wochen später rief er sie an. Er wollte sich nur nach ihr erkundigen. Wie es ihr ergangen war, ob sie mit den Kindern in ihrer Wohnung hatte bleiben können. Alles war gut geworden. Sie hatte eine Anstellung in einem Reisebüro gefunden.

»Ich schicke die Menschen in den Urlaub, ist das nicht wunderbar?«, rief sie am Telefon, und er antwortete: »Wollen wir nicht ein wenig feiern? Im Café Annas vielleicht?«

»Aber ja!«

»Sie müssen sich nicht verpflichtet fühlen.«

»Das weiß ich doch, Herr Schmied.«

»Wirklich? Ich bin nicht so einer, wissen Sie.«

»Das glaube ich Ihnen schon, aber wenn Sie weiter darauf herumreiten …« Sie lachte. »Oder wir fahren an die Isar. Sie haben doch ein Auto? Wir könnten ein kleines Picknick machen. Was meinen Sie?«

»Ja, ein Picknick.« Er bemühte sich um eine tiefe Stimme. Er musste möglichst ruhig und vernünftig klingen. Was sollte sie denken, wenn er allzu begeistert war?

»Das ist wunderbar«, rief sie, »einfach wunderbar! Ich war so lange nicht mehr dort. An der Großhesseloher Brücke, ja?«

»Ich kenne eine schöne Stelle in Grünwald.«

»Fantastisch. Fahren wir nach Grünwald.«

Und nun saß sie neben ihm im Auto. Frieda Paulsen. In ihrem orangefarbenen Kleid wie damals im Krankenhaus, nur die bunten Stiefel fehlten und die vielen Armreife. Sie trug einfache Sandalen. Er gab acht, nicht auf ihre nackten Beine zu sehen. Ihr Mann war erst einige Monate tot. Warum sie wohl nicht in Schwarz ging? Sie war nun einmal eine aus der Stadt. Eine von den modernen Frauen, da durfte er ihr nicht mit seinen Ansichten kommen.

Und war er denn besser? Die Verwandten kümmerten sich um Alexander, vor allem Inges Mutter. Sie hatte schon zwei Kinder großgezogen und kannte sich aus. Inge war noch immer in der Klinik. Sie bekam starke Medikamente und hatte zugenommen. Wie dick und unförmig sie geworden war. Sie sprach kaum und bewegte sich langsam wie in Zeitlupe. Inge war gar nicht mehr sie selbst.

Er hatte sie noch ein paar Mal besucht, aber ihre

Eltern sagten, er solle nicht mehr kommen. In die Klinik nicht und zu Alexander auch nicht. Das sei besser für alle.

»In Ordnung«, hatte er gesagt, an der Haustüre von Inges Elternhaus. Mehr hatten sie nicht geredet.

Frieda Paulsen schaute die ganze Fahrt über still aus dem Fenster. War sie traurig? Er hatte ihre Augenringe bemerkt. Ihre Blässe. Sie schlief bestimmt wenig. Manchmal lächelte sie jedoch ganz leicht vor sich hin, wenn er zu ihr hinübersah. Was sie wohl dachte?

Er parkte im Wald, und sobald der Motor aus war, riss Frieda Paulsen die Autotür auf, sprang hinaus und drehte sich im Kreis. Sie streckte die Arme in die Luft und rief: »Ist diese Luft nicht herrlich?«

Wie lebendig sie war. Wie viel Kraft sie hatte. Viel mehr Kraft als er, dabei war er doch der Mann und sie die Frau. Eine schöne Frau. Er konnte nicht anders, er musste ihre Beine ansehen. Sie hüpfte. Er nahm die Taschen aus dem Kofferraum und ließ nicht zu, dass sie ihre selbst trug. Dann gingen sie die Böschung hinunter zum Fluss. Die Isar. Quirlig und grün rauschte sie durch ihr Bett. Sie führte viel Wasser mit sich. Die Kiesbänke lagen noch im Schatten. Alles war menschenleer.

»Wie friedlich, nicht wahr?«, fragte Frieda Paulsen.

»Ja.«

»Und wo ist jetzt Ihre schöne Stelle, hm?«

Sie war keck. Das gefiel ihm. Es gefiel ihm so sehr, dass er Angst bekam. War denn etwas möglich mit ihnen beiden? Bestimmt flirtete sie nur. Was wollte sie mit einem wie ihm? Ihre Eltern hatten eine Villa in Murnau, und er kam aus dem Glasscherbenviertel. Und vom Dorf.

»Gehen wir ein Stückchen«, sagte er.

»Yes, Sir!«

Der Fluss machte eine Biegung, und dahinter lag eine Landzunge, eine Kiesbank, die in den Fluss hineinreichte. Dort am Ufer war es schon sonnig, der Kies leuchtete blendend weiß, dazu der grüne Fluss mit seinem Rauschen, ja, das war tatsächlich ein schönes Fleckchen Erde.

»Damals, mit Karl, wir fuhren oft an die Isar«, sagte Frieda Paulsen. »Mit dem Rad. Wir hatten ja kein Auto.«

Ihr Kleid wehte leicht. Es schmiegte sich an sie und wehte doch. Es leuchtete über dem hellen Kies.

Sie schaute nur auf den Fluss.

»Später waren die Kinder dabei. Mattis wollte immer einen Damm bauen, zum Hinüberlaufen, wissen Sie? Er sammelte die großen Steine und baute und baute. Jedes Mal wieder. Aber es war immer zu tief und zu weit.«

Sie war nun ganz in ihren Erinnerungen versunken. Er, Heinrich, er war gar nicht mehr da für sie. Das ärgerte ihn, obwohl er sich nicht ärgern wollte. Aber sie sprach nur von Karl und von Mattis, ihrem Sohn.

Das konnte alles nichts werden. Warum nur hatte

er sich Hoffnungen gemacht? Sich hinreißen lassen. Träume hatten ihm noch nie etwas genutzt. Eine so schöne Frau. Er war nur eine Ablenkung für sie. Ein Mittel gegen die Einsamkeit. Sie war nur dankbar wegen des Geldes. Jetzt wusste er also Bescheid.

Auf einmal sah sie ihn an, die Augen groß und feucht. Weinte sie?

»Das machte ihm nichts«, sagte sie. »Dass er es nicht schaffen konnte mit seinem Damm.«

Heinrichs Ärger verflog. Sie war noch in Trauer. Das war doch normal. Er wünschte sich, sie würde ihn lieben wie Karl. Wie Mattis, ihren Sohn.

Er breitete die Decke auf dem Kies aus, und sie holte ein Handtuch aus ihrer Tasche. Dann stand sie da, seltsam unschlüssig. Ob sie ihren Badeanzug schon anhatte? War es ihr peinlich, sich vor ihm zu entkleiden? Sollte er sich diskret ins Wäldchen zurückziehen? Es war alles so neu. Sie sollte nicht denken, dass er ein Bauernbub war.

»Und Sie?«, fragte sie plötzlich. »Was haben Sie für ein Unglück?«

»Ich?«

Das konnte er doch unmöglich erzählen. Nachher dachte sie noch, er sei ein Verlierer. Einer, auf den man herabsah: »Ach schau mal, der hat sich auf eine Verrückte eingelassen!« Er schämte sich. Vor Frieda Paulsen, aber auch vor seiner Frau. Inge. Sie konnte nichts dafür, es war eine Krankheit. Und jetzt brachte er nicht einmal ihren Namen über die Lippen? Ihre Eltern kümmerten sich um sie, nicht ihr Ehemann, nicht er, Heinrich. Was also sollte er antworten? Dass er es in schlechten Tagen nicht schaffte? Anders als er es versprochen hatte? Dass er gerade auseinanderbrachte, was nur der Tod scheiden durfte?

Er hätte diese Frau nicht anrufen, sondern ihr nur das Geld geben sollen. Oder nicht einmal das. Er würde gleich sagen, ihm sei schlecht. Er werde krank. Er müsse den Ausflug leider abbrechen. Er werde anrufen, wenn es ihm besser gehe.

»Sie müssen es mir nicht sagen«, unterbrach Frieda Paulsen seine Grübeleien. »Genießen wir einfach den Tag.« Sie lächelte. Etwas zaghaft.

Sie war wohl unsicher. Seinetwegen.

»Sie haben recht, wir genießen den Tag!«, rief er, und es kam ihm übertrieben vor.

»Carpe diem, sagten die Lateiner früher. Das heißt: Nutze den Tag. Verstehen Sie, Herr Schmied?«

Er zuckte mit den Schultern. »Nein, ich kann kein Latein.«

»Ich auch nicht. Aber es bedeutet, dass das Heute zählt.« Sie beschrieb mit dem Arm einen Bogen über den Fluss, die Landzunge, den weißen Kies und sagte: »Nur das hier.«

Sie war so klug. Sie war so stark. Er nahm einfach ihre Hand. Sie zog sie nicht weg. Sie schaute nur auf den Fluss.

»Wir sollten uns duzen, Herr Schmied«, schlug sie vor.

»Ja, Frau Paulsen. Ich bin Heinrich«, sagte er und schaute genauso wie sie nur auf den Fluss.

Sie wandte sich ihm zu. »Ich bin Frieda.«

Immer noch hielt sie seine Hand.

»Picknick?«, fragte sie.

Er nickte, sie ließ seine Hand los und packte ihre Vorräte aus, nicht gerade reichlich: zwei Butterbrezeln, Salzstangen und ein paar Kekse. Er hatte an belegte Brote und an Salate gedacht. Frieda schien keine sehr gute Hausfrau zu sein, aber das machte nichts. Er hatte ganz gut kochen gelernt in den letzten Monaten, schließlich wollte er sein Geld nicht in die Wirtschaft tragen.

Als alles auf der Decke ausgebreitet war, schien ihm der richtige Zeitpunkt gekommen.

»Schauen Sie«, sagte er und holte eine Flasche Sekt und zwei Gläser aus seiner Tasche. »Er ist vielleicht schon ein bisschen warm. Und nur wenn Sie wollen.«

»Du bist mir ja einer!«, rief Frieda Paulsen.

Er erschrak. Es war nicht richtig gewesen mit dem Sekt. Was sollte diese Frau nur über ihn denken!

»Gerade haben wir doch ausgemacht, uns zu duzen!«, schalt sie ihn stattdessen. »Und jetzt wird Sekt getrunken, das ist klar wie Kloßbrühe!«

Er schenkte ein. Sie knabberten, stießen an und tranken. Der Sekt stieg Heinrich angenehm zu Kopf. *Carpe diem.* Es klang ihm immer noch in den Ohren. *Nutze den Tag.* Ja, er würde diesen Tag nutzen.

»Wir müssen noch Brüderschaft trinken«, sagte Frieda. »Weil wir uns doch jetzt duzen.«

»Also!«, sagte Heinrich und hakte seinen Arm

umständlich in ihren ein. Sie stießen an, tranken ein Schlückchen, und war dann nicht ein Küsschen üblich? Sie schauten sich in die Augen. Konnte er es wagen?

Frieda drückte ihm ihre Lippen auf den Mund. Nicht nur kurz, sie verharrte, schloss die Augen. Er, Heinrich, tat es ihr gleich. Einfach so bleiben. Er spürte die Zartheit ihrer Lippen. Frieda duftete. Es musste ihr Haar sein. Ein Shampoo vielleicht. Heinrich sog die Luft tief ein. Ob er die Lippen öffnen sollte?

Da nahm sie ihren Mund von seinem und stand auf. Sie sah sich um – kein Mensch war in der Nähe – und knöpfte sich das Kleid auf, zog es aus. Schon stand sie im Höschen vor ihm. Das war als Nächstes dran, es ging blitzschnell. Das schwarze Vlies über ihrer Scham. Sie schämte sich nicht. Sie war wohl doch eines der Hippie-Mädchen aus dem Englischen Garten. Splitternackt rannte sie ins Wasser, das doch gerade erst frisch aus den Bergen kam und eiskalt war. Sie schrie und prustete und kam wieder herausgerannt, hüpfte auf und ab vor ihm, lachte, griff nach ihrem Handtuch und wickelte sich ein.

Er konnte gar nicht anders, er starrte sie an. Sie strahlte. An Armen und Beinen hatte sie Gänsehaut.

Das Leben, es kam gerade zurück zu ihm. Es war noch nicht alles zu Ende.

Und war Alexander nicht gut aufgehoben bei seinen Großeltern? Sie kümmerten sich um ihn, zusammen mit seinen Tanten und Onkeln, auch Inge würde dort ihr Zuhause haben und ihr Auskommen. So war es das Beste für alle, nicht wahr?

Später, als sie in seinem Auto auf dem Weg zurück in die Stadt waren, fragte er: »Dürfen wir das denn?«

»Was meinst du?«

»Dein Mann ist erst ein paar Monate tot. Und ich? Ich bin noch nicht einmal geschieden.«

»Ja, Heinrich, das dürfen wir«, meinte sie ernst. »Wer sollte es uns verbieten? Der liebe Gott? Das würde doch gar keinen Sinn ergeben.«

Hörte man sie so reden, konnte man denken: *Ja, das würde gar keinen Sinn ergeben, das würde dem lieben Gott überhaupt nicht einfallen, dass es falsch ist, was sie tun.*

Er sah wieder auf die Straße.

»Erzähl mir von deiner Frau«, sagte Frieda.

Vorwärts

Nele 1977

Alle gingen auf mich los. Aber ich konnte nichts dafür. Ich wollte doch nur den Hund begrüßen, Vorwärts, so hieß er wirklich, unser Nachbarshund. Wenn er mich sah, rannte er auf mich zu und sprang wie wild an mir hoch, sodass ich fast hinfiel, aber nur weil er mich mochte. Frau Sorge, seine Besitzerin, sagte das auch. »Er mag dich eben.«

Vielleicht hieß er deshalb Vorwärts, weil er immer in so einem Affenzahn vorwärtsrannte und den Menschen damit Angst einjagte. Erst hatte ich auch Angst, dann aber nicht mehr, weil er mich ja immer bloß abschlecken wollte. Meine Mutter sagte, Vorwärts wäre unerzogen, aber er war ein lieber Hund, auch wenn er so groß war wie ein Kalb und einen riesigen Kopf hatte – er war größer als meiner! Vorwärts hätte meinen Kopf in sein Maul stecken können wie ein Krokodil, aber er tat mir nie etwas. Er rannte nur einfach los, ohne zu überlegen. Da hätte die Frau Sorge auch nichts machen können, weil Vorwärts nun einmal anders war als andere Hunde, vielleicht steckte noch zu viel von einem Wolf in ihm drin. Das konnte sein. Dass Vorwärts zu wenig Hund und zu viel Wolf war. Er hatte auf jeden Fall Persönlichkeit. Das hatte Heinrich gesagt; später meinte er, der Hund gehöre erschossen.

Ich mochte Vorwärts danach auch nicht mehr so. Trotzdem tat er mir leid, als alle meinten, er gehöre erschossen.

Er kam an dem Tag an unser Gartentor gerannt, sprang wie verrückt daran hoch und wedelte mit dem Schwanz. Ich sollte ihn streicheln, denn so kannte er das, dass ich ihn immer kurz streichelte, wenn wir uns draußen irgendwo trafen. Das war unsere Gewohnheit. Ich wollte also raus zu ihm auf den Gehweg und öffnete die Tür, aber ich kam gar nicht dazu rauszugehen. Er stürmte stattdessen herein, sprang mich an und warf mich fast um dabei. Ich klopfte ihm auf die Seite, das mögen Hunde gerne, und ich kraulte seine Ohren, um ihn zu beruhigen. Er setzte sich hin und ließ sich das gefallen und schleckte mir über das ganze Gesicht. Das war ein bisschen eklig, aber Hunde zeigen so, dass sie einen mögen. Da kann man nichts machen. Als ich schon voller Schlabber war, wollte ich ihn wieder zur Gartentür hinausschieben, er musste ja mal wieder nach Hause. Frau Sorge war nirgends zu sehen, er war wohl wieder abgehauen. Er haute manchmal ab, um frei zu sein und zu machen, was er wollte.

Vorwärts war viel zu stark, ich konnte ihn nicht hinausschieben, er schnüffelte herum und rannte auf einmal wieder los, weiter in den Garten. Ich lachte und rief: »Vorwärts, du musst doch nach Hause!« Ich kicherte. Er wollte uns besuchen, da konnte man nichts machen. Ich lief ihm hinterher und rief: »Vorwärts! Du wohnst doch nicht bei uns!« Aber dann fing ich an zu schreien, eher zu kreischen. »Vorwärts! Nicht!«

Er war mit einem Satz in Charlys Gehege gesprungen, sie war gerade am Fressen und verstand gar nicht so schnell, was los war. Vorwärts packte mit den Zähnen ihren Panzer. Ich schrie wie am Spieß. Karen kam aus dem Haus gelaufen, und sie schrie auch, und dann kamen Mattis und Heinrich. Charly hatte den Kopf eingezogen, man sah nur noch den Panzer, aber Vorwärts hatte noch ein Bein von ihr erwischt, ein Hinterbein, und schüttelte sie daran hin und her. Ich konnte Blut an ihrem Bein erkennen. Er riss ihr das Bein fast heraus. Und Charly machte überhaupt nichts, vielleicht war sie schon tot!

Heinrich sprang ins Gehege, holte mit der Faust aus und schlug dem Hund mit voller Wucht auf die Schnauze. Er jaulte auf und ließ Charly sofort fallen. Dann zog er den Schwanz ein, drehte sich jaulend im Kreis, sprang aus dem Gehege und rannte zurück zum Gartentor, hinaus auf den Gehweg. Weg war er.

»Wie kann man nur so blöd sein!«, schrie Karen.

Am liebsten hätte sie mich geschlagen, aber das durfte sie nicht, Heinrich hatte es ihr verboten. Er nahm jetzt Charly hoch. Sie hielt sich versteckt, sie war nicht da. Nur ihr Bein hing aus dem Panzer heraus, es war voller Blut und baumelte herunter. Charly hatte überhaupt keine Kraft mehr darin.

»Und dann heulen!«, blaffte Karen mich an, und Heinrich sagte: »Wir müssen zum Tierarzt. Vielleicht lebt sie noch.« Er trug Charly ins Haus.

»Nur wegen dir und deinem blöden Hund«, sagte Karen. »Und Charly ist dir ganz egal.«

»Das stimmt nicht!«

»Eben doch. Du bist schuld.«

»Hör auf!«, sagte Mattis. »Sie heult ja schon.«

»Na und?« Karen kam ganz nah zu mir her und sagte laut in mein Ohr: »Ich weiß wirklich nicht, was man an dir mögen kann.«

Damit ging sie ins Haus. Mattis auch.

Ich blieb stehen. Mein Körper fühlte sich wie krank an, wie wenn man Fieber hat, so ganz anders, als wäre er gar nicht mein Körper. Als wäre mein Körper Charlys Bein. Ich dachte an das Blut und wie das Bein so lose aus der Öffnung des Panzers heraushing. Auf einmal tat mein eigenes Bein sehr weh.

Ich wollte nicht mehr weinen. Ich strengte mich an, dass die Tränen nicht herauskamen, und schaute auf den gedeckten Tisch hinten unter den Bäumen. Heute war mein Geburtstag. Ich war jetzt zehn Jahre alt. Die Torte stand schon auf dem Tisch, meine Mutter hatte mit Schokocreme »Nele« daraufgeschrieben und die Zahl 10. Das sah wunderschön aus.

Im Auto saß ich zwischen Mattis und Karen, und sie wollte nicht, dass ich sie berühre. Aber das ging nicht, es war zu eng auf der Rückbank. Sie stieß immer wieder meinen Arm weg.

Charly lag in einem Pappkarton auf dem Schoß meiner Mutter.

»Sie bewegt sich nicht«, sagte sie.

»Wir müssen es wenigstens versuchen, Frieda. Für die Mädchen«, sagte Heinrich. Er saß am Steuer.

Karen boxte mich. Mattis langte hinter mir nach ihr und zwickte sie in den Nacken, sodass sie aufschrie.

»Ist jetzt Ruhe da hinten!«, brüllte Heinrich.

Ich hielt die Tränen zurück. Das tat im Hals weh.

Beim Tierarzt mussten wir Kinder im Wartezimmer sitzen bleiben. Karen baumelte mit den Beinen, und Mattis las ein Heftchen. Ich schaute mir ein Plakat an, auf dem das Skelett von einem Hund abgebildet war.

»Das sieht aus wie das Skelett von einem Dinosaurier«, sagte ich.

»Blödsinn!«, meinte Mattis.

Karen boxte mich.

Dann kamen sie heraus, ohne Charly, und meine Mutter murmelte: »Vierhundert Mark, die sind wohl verrückt geworden!«

»Sie kann noch lange leben, Frieda. Bis die Kinder erwachsen sind. Wir werden wohl vierhundert Mark haben.«

»Das ist ja ein ganzer Urlaub, das sind alle Weihnachtsgeschenke, das ist endlich ein Fahrrad für Mattis.«

»Ich brauche kein Weihnachtsgeschenk!«, rief ich.

»Ich kann noch warten auf das Fahrrad«, sagte

Mattis, ganz ernst und erwachsen. »Was hat Charly denn?«

»Ihr Bein muss amputiert werden. Und dann braucht sie eine Prothese, damit sie sich weiter fortbewegen kann. Aber die Operation ist sehr teuer.«

Wir saßen ganz still da und sahen meine Mutter an: Karen, Mattis und ich. Vielleicht konnten wir sie hypnotisieren. Wenn man hypnotisiert ist, tut man alles, was einem gesagt wird. Wir drei hatten das aneinander ausprobiert, und es hatte immer geklappt.

»Ich brauche auch kein Weihnachtsgeschenk«, sagte Karen.

Meine Mutter verdrehte die Augen.

»So machen wir es«, sagte Heinrich. »Ich bezahle die Operation, und die Weihnachtsgeschenke fallen in diesem Jahr etwas kleiner aus. Nicht wahr?« Er sah zu meiner Mutter, und auch wir schauten sie an. Ich versuchte, nicht zu blinzeln. Sie war nicht einverstanden. Sie mochte es nicht, wenn wir alle zusammenhielten, aber wir hatten sie herumgekriegt, das sah man gleich. Heinrich schmunzelte und legte den Arm um sie, aber sie wehrte sich und drehte sich weg von ihm. Dann holte sie tief Luft.

»Also gut.«

Wir drei machten ein Indianergeheul, aber Heinrich bremste uns, wir sollten leise sein wegen der kranken Tiere. Wir ließen Charly beim Tierarzt, damit er sie operieren konnte.

»Nele, ich hab noch etwas für dich«, sagte Mutter zu Hause. »Immerhin hast du Geburtstag.« Sie machte die Kühlschranktür auf, und da stand meine Torte. Ich hatte sie ganz vergessen. Ich durfte sie selbst anschneiden und mir ein Stück aussuchen, also nahm ich das mit dem N von Nele. Heinrich bekam das größte, weil er die Operation bezahlt hatte, und Mattis nahm sich gleich das zweitgrößte. Und dann gab ich Karen ihres, es war das mit der wenigsten Schokocreme.

Nach zwei Tagen durfte Charly wieder nach Hause. Sie tat uns leid, weil sie kein Bein mehr hatte, sondern nur eine Wunde mit Fäden. Ich schaute lieber nicht so genau hin. Und trotzdem mussten wir lachen, weil Charly so komisch aussah. Sie hatte als Prothese eine Rolle von Fischertechnik an den Panzer montiert bekommen. Sie konnte damit einwandfrei durchs Gras laufen. Wir lachten so oft darüber, weil sie aussah wie ein kleines Monster.

»Schau, die Arme«, sagte Karen dann immer. »Sie hat ihr Bein nicht mehr, sondern nur eine Rolle von Fischertechnik. Und das alles wegen dir, Nele.«

Yo, Mann

Max 2013

Schwul zu sein würde auf jeden Fall zu mir passen. Ich hab nämlich noch nicht genug Probleme. Es könnte sein. Ich denke dauernd darüber nach und probiere alles Mögliche aus, um es herauszufinden.

Mehr kann ich nicht darüber sagen, nur dass noch nicht alles verloren ist.

Trotzdem. Es könnte sein.

Weil es gibt da jemanden. Das sagen sie immer in den Filmen, die ich hasse: Es gibt da jemanden. Tja. Ich kann nichts dafür. Ich rede die ganze Zeit über ihn. Ich denke wahnsinnig viel an ihn. Auch abends im Bett und morgens als Erstes, wenn ich aufwache. In meinem Zimmer hängen lauter Poster von ihm. Ich überlege, wie ich ihn treffen könnte. Das wird schwierig. Er wohnt in Italien. Es ist Bud Spencer. Ich habe eine Bud-Spencer-DVD-Box mit fast allen Filmen. Wenn ich krank bin, darf ich sie alle anschauen, deshalb liebe ich Krankheiten. Wirklich. Grippe, Brechdurchfall, Angina, Windpocken, egal was. Fieber ist immer das Beste. Neununddreißig Grad, dazu Cola, alle Sorten von Chips und die Bud-Spencer-

DVD-Box in voller Länge. Wahnsinn. Wenn ich mir Fieber zu Weihnachten wünschen könnte, würde ich es machen. Ich liebe auch Operationen, ich hatte immerhin schon fünf. Es war jedes Mal super. Inzwischen sehen meine Zehen ganz okay aus, und wenn ich Pech habe, brauche ich keine Operationen mehr. Ich habe meistens Pech. Ich darf auch wieder Sport machen, und seitdem redet meine Mutter ständig über Sport. Sie denkt eben nicht besonders weit. Das einzig Gute an Sport wäre, dass ich mir ein Bein brechen könnte.

Im Moment habe ich eine Mittelohrentzündung. Der Arzt hat zu meiner Mutter gesagt: »Das tut sehr weh.« Wenn der Arzt das sagt, zählt es mehr. Mir hat sie ja nicht geglaubt, weil ich kein Fieber habe. Ich musste betteln, damit sie mit mir zum Arzt geht. Jetzt hat sie ein schlechtes Gewissen, auch weil sie arbeiten muss und mich deswegen zu meiner Oma Frieda gefahren hat. Das geschieht ihr recht, meiner Mutter. Weil in einer Woche die Ferien anfangen, darf ich dieses Jahr also fast vier Wochen bei meiner Oma Frieda bleiben. Vier Wochen! So sehr wie Bud Spencer liebe ich ansonsten nur meine Oma Frieda. Und Charly. Und meine Playstation. Manchmal meine Mutter. Wenn sie nur ein normales Gehirn hätte und nicht ein Muttergehirn. Andererseits kann ich froh sein. Mütter dürfen einfach nicht zu klug sein, weil sie sonst ihre Kinder sofort ins Heim bringen würden. Also mich auf jeden Fall. Das hat die Natur so eingerichtet. Kein Mensch, der was im Kopf hat, hält

Kinder aus, außer Bud Spencer natürlich. In dem Film *Der Große mit seinem außerirdischen Kleinen* kümmert er sich ziemlich gut um H7-25, das Kind aus einem Ufo. Ich wäre wahnsinnig gerne H7-25. Wegen Bud Spencer und wegen der Photonenkanone. Bud Spencer ist wahnsinnig stark. Am liebsten mag ich, wenn er irgendwohin kommt, in einen Saloon zum Beispiel, und da hocken circa zwanzig Typen herum, die ihn alle hassen. Und dann schaut er kurz seinen Kumpel Terence Hill an, sie müssen beide grinsen, und ich weiß schon, die Typen werden jetzt alle verprügelt. Nach Strich und Faden. Komplett. Ich könnte mich totlachen. Wirklich. Ich rufe meine Oma Frieda, sie soll sich das anschauen, und sie schaut es sich an, aber sie lacht gar nicht richtig, und beim zehnten Mal ruft sie von irgendwoher: »Es ist doch immer das Gleiche, irgendwer wird verprügelt, oder?«

Egal. Ich lache mich trotzdem halbtot.

Aber auch die schönste Mittelohrentzündung geht leider wieder vorbei (meine Oma Frieda hat mich gezwungen, die Antibiotika zu nehmen, obwohl jeder weiß, dass Antibiotika die Menschheit vernichten werden). Und jetzt ist Lena gekommen, meine Cousine, weil die Ferien angefangen haben und weil ihre Mutter sich nicht um sie kümmert, sondern lieber arbeiten geht. Tja. Lena lässt mich zum Glück in Ruhe. Komplett. Sie will nichts mit einem verhaltensgestörten Jungen zu tun haben. Vielleicht auch wegen der Sache damals mit dem Schwitzkasten. Meine Güte. Das sagt meine Oma Frieda immer: *Meine Güte!*

Der Schwitzkasten ist ewig her!

Lena liest jedenfalls die ganze Zeit, und wenn ich sie störe und zum Beispiel sage, dass es jetzt Abendessen gibt, dann grunzt sie mich an. Wirklich. Sie grunzt.

Ich soll mit ihr ins Freibad zum See gehen. Angeblich bin ich wieder gesund. Das ist sehr unvorsichtig, aber bitte, mir macht es nichts aus, wenn die Entzündung wiederkommt und ich deshalb taub werde. Ich kann sowieso die ganze Bud-Spencer-DVD-Box auswendig mitsprechen.

»Keine Widerrede«, sagt meine Oma Frieda, »ihr könnt nicht den ganzen Sommer hier herumlungern.«

Also ich könnte das. Dicke Kinder hassen Freibäder. Sie müssen riesige Badehosen anziehen. Lena hat auch keine Lust. Vielleicht, weil ihr jetzt Möpse wachsen und jeder sie sehen kann. Meine Mutter sagt, ich soll nicht Möpse sagen, Titten auch nicht. Ich hab sie gefragt, was ich dann sagen soll, und sie hat geantwortet, dass Mädchen es überhaupt nicht mögen, wenn man über ihre Brüste spricht. Tja. Das lässt sich leider nicht vermeiden.

Möpse zu haben ist vielleicht so schlimm, wie dick zu sein, obwohl Möpse schön sind und Speckschwarten nicht. Das ist der Unterschied.

Wir holen die Räder aus dem Schuppen, und ich denke daran, mir in den Fuß zu hacken, in der Ecke steht eine Axt. Aber ich lange niemals im Schuppen in eine Ecke, weil die Riesenspinnen dort ihre Nester haben. Sie warten nur darauf, dass jemand nach der Axt greift. Lena und ich müssen sogar noch die Reifen aufpumpen. Als wir losfahren, winkt meine Oma Frieda uns nach. Sie denkt, wir werden Spaß haben, meine Laune ist allerdings jetzt schon am Boden. Ich habe Hunger und Durst, und Lena redet überhaupt nicht mit mir. Super. Noch dazu sind meine Beine nach den ganzen Bud-Spencer-Filmen aus Blei. Ich kann sie praktisch nicht bewegen. Ich hasse Fahrradfahren. Es geht immer bergauf. Hin oder zurück, es ist egal, für mich ist es immer bergauf. Lena schnauft kein bisschen, und ihre Beine sind sehr dünn und leicht. Ich fahre hinter ihr. Ihr Hintern bewegt sich auf dem Sattel hin und her. Ich hasse Lena.

Wir liegen auf unseren Handtüchern, Lena liest, ich schaue mir die Gegend an. Sie ist hügelig. Lauter Möpse. Neben uns liegen sechs Mädchen mit insgesamt zwölf Möpsen. Sie cremen sich gegenseitig den Rücken ein und schauen sich immer wieder um, ob das auch jeder sieht. Ich habe meine Sonnenbrille aufgesetzt. Ein paar Meter weiter liegen zwei Jungs. Ich überprüfe, ob ich mir wegen ihnen irgendwelche schweinischen Gedanken mache, merke aber nichts. Das nennt man verkappt schwul. Das ist noch schlimmer als schwul, glaube ich. Lena sieht auch manchmal von ihrem Buch auf und zu den Jungs hin. Der eine ist tätowiert und lächelt sie an, auf so eine

Dorfjugend-Landei-Weise. Das hat Lena unterwegs gesagt, sie hat keinen Bock auf diese Dorfjugend-Landeier. Und wieso lächelt sie dann zurück?

»Wie spät ist es?«, frage ich sie. »Können wir schon gehen?«

»Nein«, sagt sie und glotzt zu dem Typen rüber. Wie eine Kuh. Für so was ist sie noch viel zu jung. Ich glaube, ich muss auf sie aufpassen und notfalls jemanden verprügeln.

Dann sehe ich, wie die zwölf Möpse aufstehen und sich in unsere Richtung bewegen. Oh, oh, jetzt passiert gleich was. Sie bleiben ein paar Meter entfernt stehen, wie zufällig. Lena liest einfach weiter.

»Ist das dein Freund?«, ruft dann die Hässlichste von allen. Sie deutet auf mich.

»Ich wusste es«, sagt Lena leise in ihr Buch.

»Redest du nicht mit jedem? Dich meine ich, die ohne Titten! Ist die Vettel da dein Freund?«

Sie prusten los.

Lena überlegt. Ich auch. Ich stehe auf.

»Huuuu!«, ruft eines der Mädchen, die Zweithässlichste. Sie ist sehr groß. Lena steht auch auf. Ich frage mich, ob ich die sechs Mädchen verprügeln soll und ob ich das kann. Mädchen können sehr stark und gemein sein. Wirklich.

»Das ist mein Cousin«, sagt Lena. »Und wenn ihr nicht solche Landeier wärt, wüsstet ihr, wer er ist. Der hat nächste Woche nämlich eine Fernsehsendung. Der hat nämlich über eine Million Follower. Der macht Comedy und ist ein Rapper, ihr Hohlbirnen.«

Lena sieht wahnsinnig cool aus in dem Moment. Sie steht da und schaut auf die zwölf Möpse herunter, total eingebildet. Sie könnte in jedem coolen Film wirklich die Cousine von einem berühmten Rapper sein. Wo lernt sie so was?

Die Mädchen starren sie an. Was werden sie machen? In meiner Schule würden sie Lena jetzt einfach verprügeln. Aber die zwölf Möpse zögern. Ich kann mir vorstellen, was ihnen durch den Kopf geht: Es könnte theoretisch sein, dass Lena *nicht* lügt. Und dann würde das Video von der Prügelei am nächsten Tag auf Facebook durch die Decke gehen. Eine Million Klicks. Irgendwer filmt nämlich immer mit, wenn es Stress gibt. Ich bin mir allerdings nicht sicher, ob die wirklich so weit denken. Ob sie überhaupt denken können. Ob sie nicht doch lieber was Brutales machen.

»Wie heißt er denn, dein super Cousin?«, fragt die Hässlichste.

Da weiß ich schon, dass wir gewonnen haben, Lena und ich. Die Mädchen versuchen nur, brutal auszusehen, aber in Wahrheit haben sie schon aufgegeben. Sie sind von Selbstzweifeln zerfressen in dem Moment, sie wissen, dass sie hässlich und dumm sind und Lena sehr klug und sehr hübsch. Sie spüren auf einmal das ganze Kümmerliche ihrer Dorfjugend-Landei-Existenz.

»Komm, wir gehen, du brauchst einen Drink«, sagt Lena zu mir. Einen *Drink*!

Sie nimmt ihre Tasche, packt ihr Handtuch hinein,

und ich mache das Gleiche, nehme meine Tasche und packe mein Handtuch hinein, und dann sage ich nur: »Yo, Mann.«

Das habe ich von Jessey, der das in *Breaking Bad* andauernd sagt, und ich fand es immer das Coolste. Jessey ist mindestens so verhaltensgestört wie ich. Wirklich.

»Wenn du lachst«, flüstert Lena mir zu, »bringe ich dich um.« Wir stehen gerade bei den Getränken an. Aber sie muss sich selbst das Lachen verkneifen. Wir haben unsere Sonnenbrillen hochgeschoben, weil es im Kiosk ziemlich dunkel ist, und wir schauen uns kurz an, Lena und ich. Es ist vielleicht das erste Mal, dass wir uns anschauen. Seltsam.

Als wir mit unseren Getränken fast fertig sind, sehe ich die zwölf Möpse auf dem Steg am See stehen. Sie machen mit ihren Handys herum, sehen zu uns her, schauen wieder auf ihre Handys. Sie suchen mich im Netz. Sie tuscheln. Sie werden merken, dass Lena gelogen hat. Sie werden sich rächen. Ich weiß es. In diesem Moment passiert etwas mit mir. Ich fühle es in meinen Adern. Es steigt heiß in mir hoch. Meine Oma Frieda würde jetzt sagen: »Max! Ich sehe dich«, aber sie ist nicht da. Niemand ist da, der mich aufhält. Ich gehe in Richtung Steg. Die Mädchen glotzen mich an. Sie wissen nicht, was los ist. Ich gehe schneller. Es dauert eine Weile, bis ich in Fahrt komme, weil ich so schwer bin. Hat das Ganze dann aber mal eine Geschwindigkeit, bin ich nicht mehr zu bremsen. Ich renne. Ich bin ein Koloss. Ich bin Bud

Spencer. Auf dem Steg beschleunige ich noch einmal, dann springe ich, packe mit den Armen meine Knie, und schon im Fliegen merke ich, das wird die Arschbombe meines Lebens, sämtliche Möpse und Handys werden klatschnass sein. Ich tauche ins Wasser ein, ich höre das Kreischen und bin unwahrscheinlich glücklich, und dann reißt mir etwas den Arm ab. Ich will schreien, aber ich verschlucke den halben See, kriege keine Luft und weiß, jetzt werde ich sterben. Wirklich. Ich sehe oben die Wasseroberfläche, hell und blau. Endlich bekomme ich den Mund zu. Es ist sehr leise um mich herum, nur meine Ohren rauschen. Ich versuche zu schwimmen, mit einem Arm, der andere ist noch dran, aber er tut so weh, dass mir schlecht ist. Nur nicht wieder schreien. Ich stoße mich mit den Füßen hoch. Es geht. Ich tauche auf, ich atme. Ich werde auf den Steg gezerrt. Der Bademeister ist da. Er setzt mich auf, sodass ich Wasser spucke. Dann legt er mich wieder hin.

»Der Idiot ist in das Gestänge vom Steg gekommen«, schreit er. »Reinspringen ist hier verboten.«

Ich hasse den Bademeister. Lena steht neben ihm. Sie weint.

»Yo, Mann«, sage ich zu ihr und bemühe mich zu lächeln, aber meine Stimme klingt wie die von ET. Original. Ich muss daran denken, wie ET eingefroren ist und alle denken, er wäre tot, das ist der traurigste Teil vom ganzen Film, aber dann leuchtet plötzlich sein Bauch rot auf, und er sagt: »Nach Hause telefonieren.«

Lena lächelt zurück, ihr Gesicht ist ganz nass vor Tränen. Es stimmt nicht, dass ich sie hasse. Es stimmt auch nicht, dass ich schwul bin. Ich werde bloß nie eine Freundin haben, das ist alles.

»Der Arm ist gebrochen«, sagt der Bademeister. »Die Schulter vielleicht auch.«

Mir wird ein bisschen schwarz vor Augen. Wow, ein Bruch, vielleicht sogar zwei. Ich werde die ganzen Ferien bei meiner Oma Frieda bleiben dürfen und vielleicht noch länger. Ich werde einen Gips bekommen und nie ins Freibad müssen. Das ist die ultimative Mega-Krankheit. Könnte sein, dass ich sogar operiert werde. Wahnsinn.

Antek Vukovic

Max 2014

Ich hasse Antek Vukovic. Wirklich. Leider bin ich ihm hilflos ausgeliefert. Ich bin praktisch sein Gefangener. Er ist nämlich mein Physiotherapeut. Ich hatte einen Trümmerbruch im Arm wegen der Aktion im Freibad. Ich liebe das Wort: TRÜMMERBRUCH. Man hat lauter Platten und Schrauben in den Knochen stecken. Nach der letzten Operation hat der Arzt zu mir und zu meiner Mutter gesagt, dass ich unbedingt einen Physiotherapeuten brauche, sonst würde der Arm steif werden.

Mir hätte das nichts ausgemacht, man wird sehr gut behandelt mit einem kaputten Arm. Man wird bedient. Meine Oma Frieda hat zum Beispiel meinem Opa aufgetragen, mir jeden Tag einen Nachtisch zu machen. Meistens gab es Pfannkuchen, mit so viel Nutella wie ich wollte. Ich glaube, es war jeden Tag ein ganzes Glas. Jetzt bin ich wieder zu Hause, und nicht einmal meine Mutter weigert sich, mir Chips oder Schokolade zu kaufen. Sie sagt bloß dauernd, dass ich wahrscheinlich Diabetes kriege. Das ist schlecht für meine Psyche, *das* macht mich irgendwann erst richtig krank. Aber wenn ich meine Mutter an die Platten und Schrauben und an meine Schmerzen erinnere, sieht sie es ziemlich schnell ein. Dann darf ich fast unendlich lange Playstation spielen, und wenn ich nicht mehr darf, mache ich es heimlich. Meinetwegen kann alles endlos so weitergehen. Ich muss in der Schule nicht mitschreiben, und die Lehrer passen wahnsinnig auf, dass niemand an meinen kaputten Arm kommt. Herrlich. Das sagt meine Oma Frieda immer: *Herrlich!*

Aber es gibt jemanden, der meiner goldenen Zukunft im Weg steht. Antek Vukovic. Er ist kein Mensch. Wirklich. Er foltert mich und verdreht mir den Arm und behauptet, das müsse so sein. Haha. Er ist ein Physiosadist. Manchmal quält er mich an der Sprossenwand, manchmal auf einem Fahrrad. Was hat bitte ein Fahrrad mit einem Arm zu tun? Genau. Gar nichts nämlich. Das geht seit Monaten so, und er wird reich damit. Demnächst wird er sich eine Yacht kaufen, da bin ich mir sicher. Ich muss ihn loswerden. Ich liege in der Unterhose auf seiner Liege und denke darüber nach, wie ich es anstellen kann. Er quetscht und dreht inzwischen an meinem Ellbogen herum und fragt dann so ganz nebenbei: »Wie fett willst noch werden, Max? Hm? Wie Walross oder wie Elefant?«

Tja. Man sollte ihm die Erlaubnis für seine sogenannte Physiotherapie entziehen. Oder ihn abschieben. Das geht. Wenn Ausländer Kinder quälen, kann man sie abschieben. Ich bin minderjährig bitte schön.

»Ich weiß, ich werde Diabetes kriegen«, antworte ich. »Das sagt meine Mutter mir jeden Tag.«

»Wirst ganz besonders keine Frau abkriegen.« Er schaut auf meinen Bauch und schüttelt den Kopf. »Oder bist schwul?«

»Nein!«

»Homo? Warmer Bruder? Net?«

»Nein!«

»Egal. Bin ich tolerant. Kommst zu mir ins Training. Ich mach Ringer aus dir.«

Ich lächle ihn wahnsinnig freundlich an und deute auf meinen kaputten Arm. »Geht leider nicht.«

»Doch, geht. Arm gesund.«

Wie bitte? Ich starre Antek Vukovic an. Er hat eine Glatze. Seine Arme sind tätowiert, so amateurhaft, wie das in Gefängnissen gemacht wird (mit einer rostigen Aidsnadel). Antek Vukovic ist ein Verbrecher, das steht für mich fest. Direkt vor mir kann ich die Beule in seiner weißen Physiotherapeutenhose sehen, eine riesige Beule, sein Pimmel muss gigantisch groß sein.

Mein Arm darf nicht gesund sein. Auf keinen Fall. Meine Mutter will mich zur Kur schicken, davon redet sie immer öfter in letzter Zeit. In einer Kur bekommt man nichts zu essen. Überhaupt nichts. Eine Kur ist Folter rund um die Uhr. Ich muss mir was einfallen lassen. Ich muss mir irgendwie ein Bein brechen. Oder noch besser: gleich querschnittsgelähmt.

»Das Schwabbel hier«, Antek Vukovic zeigt auf

meinen Bauch, »wir machen Muskeln draus. Brauchst keine Diät, brauchst Training.«

Aus meinem Bauch macht niemand irgendwelche Muskeln, außer vielleicht mit einer Operation.

»Montag, vier Uhr. Keine Angst, fangen langsam an.«

Montag um vier habe ich auf jeden Fall schon was vor.

Aber als meine Mutter mich abholt, passt Antek Vukovic sie ab und sagt zu ihr: »Max kommt zu mir ins Training. Montag, vier Uhr.«

Sie freut sich wie ein Schnitzel. Wirklich. Ein Wunder, dass sie nicht im Kreis hüpft. Tja, meine Mutter. Sie bemüht sich. Niemand kann ihr was vorwerfen. Sie gibt ihr Bestes, trotzdem blickt sie meistens nicht durch. Obwohl sie ja dauernd zur Beratung geht. Es nützt nichts. Sie macht es einfach nicht richtig mit mir. Schrecklich ist das.

Antek Vukovic lacht sein Verbrecherlachen und klopft mir auf die Schulter, die verletzte versteht sich.

»Wirst guter Ringer, Max«, sagt er. »Bist net normal da oben. Ich mache gute Ringer aus dir.«

Er dreht den Zeigefinger an seiner Schläfe und macht ein verrücktes Gesicht dabei. Haha. Ich lächle ihn wieder wahnsinnig freundlich an. Dann gehe ich aus seiner Praxis und weiß, dass ich nicht mehr wiederkommen muss. Arm gesund.

Tja. Nur ein paar Tage später steht Antek Vukovic vor meiner Haustür. Es ist Montag, fünfzehn Uhr fünfzehn. Ich weiß das, weil gleich die Wiederholung von *Big Bang Theory* läuft.

»Was los? Nix fertig?«, sagt er.

Ich habe einen Brownie in der Hand. »Ich bin leider schon verabredet, Herr Vukovic.«

»Sagst ab.« Er lacht fies.

»Nein, das ist ein wichtiger Termin. Sehr wichtig. Leider.«

Ich will schon die Haustür zumachen, aber meine Mutter hindert mich daran.

»Wenn du ringen gehst, brauchst du vielleicht nicht zur Kur«, sagt sie und lächelt mich an. Es ist das gemeinste Lächeln, das ich je an ihr gesehen habe. Ich hasse meine Mutter. Sie ist der Teufel. Würde meine Mutter in einem Horrorfilm auftauchen, würden sich alle die Augen zuhalten und trotzdem die übelsten Albträume kriegen, nur weil sie ihre Stimme gehört haben.

»Keine Angst, fangen langsam an«, sagt Antek Vukovic, als wir zur Turnhalle gehen, aber ich höre ihn kaum. Ich bin nämlich nicht nur das Opfer einer Erpressung, sondern auch einer geheimen Macht. Wirklich. Wahrscheinlich trete ich gerade in eine Sekte ein. Ich bin willenlos. Nein, es ist noch viel schlimmer: Ich will das sogar.

In der Turnhalle stinkt es überall furchtbar nach Schweiß. Die Jungen haben komplett schwule Anzüge an. Ich kann nichts dafür, es ist eben so. Ihre Muskeln glänzen. Sie sehen nur kurz zu mir her und machen dann weiter. Es scheint normal zu sein, dass der Trainer irgendwelche Loser anschleppt. Sie interessieren sich nicht für mich und machen stattdessen Liegestütze. Freiwillig, wie es scheint. Diese Menschen haben eine Gehirnwäsche bekommen. Sie sind gefangen in einer Turnhalle. Und ich auch.

»Zuerst zeige ich dir Griff«, sagt Antek Vukovic. »Ist Paketgriff.«

Er zeigt mir, wie ich ihn mit einem Arm im Nacken packen und mit dem anderen Arm sein Knie hochreißen muss. Erst klappt es nicht, und ich muss es noch einmal versuchen. Ich habe wahnsinnige Schmerzen dabei in meinem kaputten Arm. Aber dann klappt es doch. Ich reiße Antek Vukovic um und halte ihn auf der Matte fest. Es funktioniert. Wahnsinn. Ich schwitze. Dann stöhnt er kurz auf, packt mich am Bein, und zack – ich weiß nicht wie – knallt er mich hin und steht über mir. Ich schreie laut auf, aber er lacht nur.

»Bei Paketgriff brauchst Kraft. Deswegen machst jetzt bissl Krafttraining.«

Er zieht mich hoch und geht zu den anderen Jungen ans andere Ende der Halle. Ich folge ihm. Die geheime Macht. Sie machen immer noch Liegestütze. Wahrscheinlich sind sie bei der eintausendsten angekommen. Maschinen sind das.

Aber ehrlich gesagt, ich werde das nie vergessen: Antek Vukovic in meinem Paketgriff. Es könnte theoretisch sein, dass ich Ringen liebe. Praktisch ist es leider zu schwierig und zu anstrengend für mich. Es könnte theoretisch auch sein, dass ich irgendwann mehr Liegestütze schaffe als Antek Vukovic, denn er ist älter als ich.

Das Krafttraining halte ich allerdings nur zwei Minuten durch. Tja. Pustekuchen. Das sagt meine Oma Frieda immer: *Pustekuchen*. Mir ist total schlecht. Ich hätte den Brownie nicht aufessen sollen. Mein Kopf platzt gleich. Ich renne raus zur Toilette, um zu speien. Den Brownie, das Schnitzel und den Kartoffelsalat. Dieser Sport ist nicht gesund. Meine Mutter hätte es mir verbieten sollen. Das ist eine Tatsache. Man sollte mich ihr wegnehmen. Einmal hätte sie doch auf mich aufpassen können, nur ein einziges Mal. Ich will zu meiner Oma Frieda. Ich will zum Nachtisch von Opa Heinrich. Oder tot sein.

»Schade um gute Essen«, sagt Antek Vukovic. Er steht neben mir, lacht blöd und tätschelt mich. Ich hasse ihn.

»Bis Mittwoch, Max. Vier Uhr«, verabschiedet er sich. »Und nächste Mal ess net so viel wie Nilpferd vor Training.«

Haha. Er geht wieder zu den anderen in die Halle. Ich sehe sie durch die Tür Medizinbälle hoch und runter heben. Immer wieder. Reine Maschinen. Antek Vukovic ist wahrscheinlich ein Alien. Er will die Weltherrschaft erlangen, und seine Roboter sollen ihm dabei helfen.

Nicht mit mir. Ich werde es ihm schon zeigen. Ich muss nirgendwohin. Ich bin ein freier Mensch.

Kartoffelfeuer

Nele 1981

Heinrich nahm uns mit in sein Dorf, er zeigte uns alles. Den Weiher, es schwammen Enten und Schwäne darauf, die Kirche, seine alte Schule. Das war ein ganz kleines Gebäude, und er sagte, drei Klassen wären in einem Raum gewesen, und der Pfarrer hätte im Unterricht immer Kopfnüsse verteilt. Auch in der Kirche, wenn man nicht heilig genug geschaut habe. Der Pfarrer machte es so, dass es besonders wehtat. Und die Lehrer hauten den Kindern mit dem Lineal auf die Finger, und das Lineal war aus Holz. Heinrich wollte uns auch die Jauchegrube zeigen, in die er mal gefallen war und fast ertrunken wäre. Aber an der Stelle stand jetzt ein schönes, neues Haus. Die Jauchegrube war weg.

»Sogar die Städter aus München ziehen jetzt hierher«, sagte Heinrich. »Sie können sich dort keine Wohnung mehr leisten und fahren jeden Tag zur Arbeit in die Stadt. Ist das nicht verrückt?« Er schaute sich das schöne, neue Haus an und schüttelte den Kopf. Er war in Gedanken. »Früher war München unendlich weit weg. Meine Mutter lebte dort.«

»Was ist jetzt mit deinem Kartoffelfeuer?«, fragte meine Mutter.

Der Cousin von Heinrich hatte uns alle zum Kartoffelfeuer eingeladen. Heinrich hatte es uns auf der Fahrt erklärt: »Wenn die Ernte eingebracht ist, macht man mit dem Kraut und den Stoppeln ein Feuer und legt die Kartoffeln in die Glut. Sie schmecken wunderbar!«

Ich wusste nicht, ob die Kartoffeln mir schmecken würden. Es gab viele Sachen, die ich nicht mochte, vor allem Gemüse. Ich brachte es nicht herunter. Bei Rosenkohl war es am schlimmsten, aber auch bei Kohlrabi und bei Schwarzwurzeln. Heinrich wurde immer wütend deswegen, aber ich tat es ihm ja nicht zum Fleiß.

Er sagte uns Kindern oft, dass wir eben nicht wüssten, was Hunger ist.

Mattis war auf unserem Ausflug ins Dorf leider nicht mit dabei, er hatte ein Spiel. Immer spielte er Fußball oder musste lernen oder er traf sich mit seinen Freunden. Wenigstens war Karen mitgekommen, obwohl sie keine Lust hatte.

»Ich habe jetzt einen Freund«, sagte sie zu mir. »Er heißt Frank. Aber du darfst es auf keinen Fall jemandem erzählen, hörst du? Wenn du es weitersagst, rede ich kein Wort mehr mit dir. Nie wieder. Kein einziges Wort, verstehst du das?«

Ich nickte. Es war schwer, ein Geheimnis zu bewahren. Man wollte es gerne verraten, aber man durfte nicht. Ein Geheimnis bohrte mir die ganze Zeit in den Bauch. Es gab nie Ruhe. Ein Geheimnis *wollte*, dass man es weitererzählte.

Wir liefen durch eine Neubausiedlung, und Heinrich sagte, das sei nicht mehr das Dorf, das er kenne. Meine Mutter verdrehte die Augen; sie mochte Heinrichs Dorf so oder so nicht. Sie mochte überhaupt keine Dörfer. »Da heiraten sie nur untereinander, und dann kommt nichts Gescheites dabei heraus«, meinte sie. Ich hielt die Luft an, aber Heinrich hatte sie nicht gehört, weil er wieder in Gedanken war. Sonst wäre er vielleicht wütend geworden.

»Da vorne beginnen die Felder«, rief er. »Wer zuerst das Feuer sieht, bekommt die erste Kartoffel!«

Er zwinkerte mir zu. Ich freute mich riesig auf das Feuer.

»Da ist Rauch!«, rief Karen und deutete irgendwohin, wo gar nichts zu sehen war.

»Ich sehe ihn auch!«, sagte ich.

Dann waren wir da. Das Feuer brannte auf einem Acker, und Leute saßen auf großen Steinen um das Feuer herum, auch ein paar Kinder. Ein Mann warf einen Ballen Stroh in die Flammen, die Funken stoben, das Feuer loderte auf, es knackte, die fremden Kinder schrien, sie schrien vor Begeisterung, nicht weil sie Angst hatten. Es konnte also nicht so gefährlich sein.

Wir setzten uns auf einen Baumstamm. Die Hitze brannte in meinem Gesicht, ich schaute in die Flammen und stellte mir vor, in der Wildnis zu sein. Wir waren Indianer. Wir hatten gejagt und die Weißhäute besiegt. Die Weißhäute waren grausam und gemein. Ich wusste das aus den Indianerbüchern, die ich mir im Bücherbus besorgte, der immer dienstags kam. Jede Woche las ich ein anderes Indianerbuch.

Man musste warten, bis man die Kartoffeln in die Glut legen konnte. Die Flammen durften nicht mehr so hoch schlagen. Heinrichs Cousin sprach Dialekt, sodass ich nicht alles verstehen konnte. Seine Kinder beachteten uns nicht, ich glaube, sie fanden uns komisch. Ich sie auch. Sie redeten alle Dialekt. Ich konnte mir nicht vorstellen, dass sie gut in der Schule waren.

Es gab Spezi zu trinken, und ich trank eins nach dem anderen. Meine Mutter konnte nichts dagegen machen. Sie war mit Heinrich beschäftigt, der ihr Geschichten erzählte, wie er mit seinem Cousin Kerzen aus der Kirche geklaut und es dann vor lauter schlechtem Gewissen gebeichtet hatte. Man musste in der Kirche beichten. Ich hätte einfach gesagt, dass ich nichts gemacht hatte.

»Wir kassierten die schlimmste Tracht Prügel aller Zeiten«, sagte Heinrich, »und das will was heißen!« Er lachte mit seinem Cousin darüber.

Ich war froh, dass er lachte und nicht wieder so in Gedanken war. Dann ging ich zu meiner Mutter und sagte: »Ich muss mal.«

»Geh einfach ein Stück weiter weg. Du kannst auf den Acker pinkeln.«

Es war noch hell, ich musste weit laufen, bis ich außer Sichtweite war. Die Stoppeln vom Acker stachen in meine Füße, weil ich nur Sandalen anhatte. Ich musste sehr dringend, aber die Kinder von Heinrichs Cousin sollten mich auf keinen Fall sehen. Ich zog mir die Hose herunter, das Feuer war jetzt weit weg. Mein T-Shirt roch nach Rauch. Wenn so die Kartoffeln schmeckten, waren sie bestimmt gut.

Als ich mich wieder anziehen wollte, war es komisch. In meiner Unterhose war ein Fleck. Ein dunkler Fleck. Ich langte mir unten hin und sah meine Finger an. Ich erschrak fürchterlich: Sie waren blutig. Also war ich krank. Ich war verletzt, weil ich etwas Schlimmes gemacht hatte. Dann fiel mir ein, dass Mädchen ihre Periode bekamen. Das hatte meine Mutter mir gesagt. Aber ich war noch viel zu jung. Mit dreizehn oder vierzehn hatte sie gesagt, aber ich war erst elf. Kein Mädchen in meiner Klasse hatte schon seine Periode. Es war bestimmt, weil ich mich oft unten anfasste. Deswegen war ich krank geworden. Ich musste vielleicht verbluten.

Um mich herum nur der Acker, weit weg das Feuer. Ich wischte meine Hand an den Stoppeln und in der Erde so sauber wie möglich. Was sollte ich jetzt nur machen? Man würde es doch an der Hose sehen, wenn noch mehr Blut herauskam. Die Kinder von Heinrichs Cousin würden es sehen. Ich versuchte, mich mit Stroh sauber zu machen. Das Blut am Stroh sah aus wie im Fernsehen. Ich musste zurück. Ich würde mich hinsetzen und nicht mehr aufstehen, erst wieder, wenn es dunkel wurde und wir gehen mussten.

Die Hand unten hingepresst, ging ich zurück. Mein

Kopf war heiß. *Ich* hatte das gemacht. Es geschah mir recht. Ich wusste es doch, ich hätte mich nicht anfassen dürfen.

Ich setzte mich wieder neben Karen auf unseren Baumstamm.

»Was ist denn los?«, fragte sie.

»Nichts.«

Sie schaute mich an. »Doch, es ist was. Hast du in die Hose gemacht?«

Ich schüttelte den Kopf.

Aber ich konnte nichts vor ihr verheimlichen. Karen wusste immer, wenn ich log oder wenn etwas los war.

»Komm mal mit!«, meinte sie.

Ich schüttelte nur wieder den Kopf, aber sie nahm meine Hand und zog mich weg. Ich hatte schon Tränen in den Augen. Wir liefen ein Stück, ich presste meine Hand unten hin, damit nichts mehr herauslief. Aber ich konnte es nicht aufhalten. Alles fühlte sich feucht an.

»Und?«, fragte Karen, als wir außer Hörweite waren. Sie sah streng aus. Ich wusste, sie würde nicht aufgeben und es aus mir herauskriegen.

»Ich blute«, sagte ich.

»Wo? Da unten?«

»Ja.« Ich versuchte, nicht zu weinen.

»Hey, Nele, dann hast du deine Periode bekommen!«

»Nein, ich bin zu jung. Erst mit dreizehn bekommt man sie. Oder mit vierzehn.«

»Ach Quatsch, ich habe sie mit zwölf bekommen. Und du bist eben erst elf.«

Ich schüttelte den Kopf und weinte los, konnte mich nicht beruhigen. Ich hatte doch das Schlimme gemacht. Sie wusste es nicht. Sie hatte leicht reden, aber sie wusste es nicht.

Sie legte ihre Hände auf meine Schultern.

»Nele, wein doch nicht. Du kannst jetzt ein Baby bekommen, verstehst du? Es ist was Schönes.«

Ich schniefte. Karen war gar nicht mehr streng, sondern sogar nett zu mir.

»Es ist doch nur deine Periode. Was hast du denn nur?«

»Ich mache schlimme Sachen«, sagte ich ganz leise, obwohl niemand da war, der uns hätte hören können.

»Was für Sachen?«

»Ich kann es nicht sagen. Es ist zu schlimm«, flüsterte ich.

»Sag es mir, Nele. So schlimm wird es nicht sein.«

»Doch. Es ist sehr schlimm.«

»Ich bin deine Schwester, du kannst es mir sagen. Ich verrate es niemandem. So wie du niemandem verrätst, dass ich einen Freund habe. Einverstanden?«

»Ich fasse mich unten an.« Ich schaute ihr genau ins Gesicht. Ich wollte sehen, wie schlimm es war.

»Das macht doch jeder«, sagte Karen und lachte. »Das ist ganz normal!«

Konnte das sein? Oder war sie verrückt?

»Woher weißt du das?«, fragte ich.

»Ich mache es auch. Mattis auch, ich habe ihn im Bad erwischt. Und Ute, meine Freundin, sie macht es auch. Jungen und Mädchen, alle. Nicht deswegen blutest du. Du hast nur deine Periode bekommen.« Sie wuschelte mir durch die Haare. »Du bist so ein Dummerchen, Nele.« Sie lachte wieder.

Ich konnte nicht lachen. Es kam erst langsam bei mir an. Es dauerte. Ich hatte gar nichts Schlimmes gemacht. Es war ganz normal.

»Ich habe ein Taschentuch, das steckst du dir erst mal in die Hose«, wies mich Karen an. »Die anderen haben Servietten dabei, die schnappen wir uns. Und wir sagen es Mama.«

»Bitte nicht!«

»Nur das mit der Periode, du Dummerchen.«

Ich steckte mir ihr Taschentuch in die Unterhose. Karen nahm meine Hand, und wir gingen langsam zurück. Sie stupste mich von der Seite an. Jetzt konnte ich lachen. Wir lachten beide.

Am Feuer ging sie zu unserer Mutter und flüsterte ihr ins Ohr. Sie stand auf, kam zu mir und umarmte mich. Sie besorgte mir die Servietten, und dann war es dunkel, und es konnte keiner mehr sehen, wenn es durch die Hose durchkam. Wir legten endlich die Kartoffeln in die Glut. Karen und ich streckten unsere Füße zum Feuer hin.

»Nicht zu nah«, warnte meine Mutter. »Nicht dass ihr noch Feuer fangt!«

Sie hatte einen ganz weichen Ton.

Alle waren heute nett zu mir.

Die Erwachsenen fingen an zu singen. Manche Lieder kannte ich und sang mit. *He-jo, spann den Wagen an.* Ab und zu ging ich ein Stück in die Dunkelheit und wechselte die Servietten, während meine Mutter die verbrauchten unauffällig in die Glut warf. Ich war stolz. Ich konnte jetzt ein Baby bekommen.

Heinrich gab uns später Bescheid, dass die Kartoffeln fertig waren. Mit Stecken rollten wir sie aus der Glut, dann mussten wir sie schälen. Wir pusteten und pusteten, trotzdem verbrannten wir uns die Finger. Endlich konnten wir vorsichtig hineinbeißen. Ich verbrannte mir auch die Zunge und den Gaumen, aber es war mir egal, die Kartoffeln schmeckten wirklich wunderbar. Nach Feuer und nach Rauch. Ich trank Spezi dazu.

Heinrich kam herüber und bemalte uns mit dem Ruß von den Kartoffelschalen die Gesichter.

»Was machst du denn, Heinrich?«, rief meine Mutter.

»Die Mädchen bekommen eine Kriegsbemalung!«

Er freute sich, dass es uns schmeckte und dass er mit seinem Cousin über alte Geschichten reden konnte. Er freute sich über das Feuer und das ganze Drumherum. Vielleicht auch, weil ihm jetzt niemand mehr Kopfnüsse gab oder mit dem Lineal auf die Finger haute. Ich freute mich auch. Ich hielt ganz still. Er machte mir drei Streifen über beide Wangen und einen über die Nase.

»Sieht gut aus, Nele!«, sagte Karen. Sie sah auch gut aus. Wie eine Indianerin.

Ich schaute lange ins Feuer und stellte mir vor, ich würde nach Amerika gehen und einen Indianer heiraten. Es gab nur noch ganz wenige, sie lebten in Reservaten. Alle würden dagegen sein – meine Mutter, Mattis, Karen und Heinrich, doch ich würde nicht auf sie hören und einfach mit dem Häuptling davonreiten. Ich würde ein Baby von ihm bekommen. Ein Mädchen. Der ganze Stamm würde um ein Feuer sitzen und feiern. Sie würden sagen: *Du gehörst zu uns, Nele, und dein Baby auch.* Sie würden singen und trommeln und um das Feuer herumtanzen.

Karen und ich holten uns die nächsten Kartoffeln, von denen es genügend gab. Wir aßen die ganze Nacht, so kam es mir vor. Wir mussten nicht zurück und nicht ins Bett. Die Erwachsenen sangen Lieder, die ich nicht kannte. Ich hörte nur zu. Und dachte, dass das vielleicht der schönste Abend in meinem ganzen Leben war.

Ömer Özgün

Mattis 2013

Es klopfte, als Mattis sich gerade den Schlafanzug anzog. Es war spät. Nie klopfte jemand an diese Tür und um diese Zeit schon gar nicht. Der Keller war für den Rest der Familie eine Art verbotene Zone, als hauste da unten ein Ungetüm, das niemals gestört oder geweckt werden durfte.

Nach und nach war Mattis von seinem Büro im ersten Stock in den Keller gezogen, denn Sanne hatte oben in seinem Zimmer immer öfter etwas zu tun gehabt. Nach gebrauchtem Geschirr zu sehen, Bügelwäsche zu lagern, zu staubsaugen, zu lüften oder die Fenster zu putzen. »Willst du nicht unten im Hobbyraum arbeiten?«, hatte sie irgendwann gefragt. »Da hast du deine Ruhe.«

Ja, er brauchte Ruhe. Er arbeitete viel von zu Haus aus und musste sich konzentrieren. Der Computer war als Erstes in den Keller gewandert, zusammen mit dem sehr großen Schreibtisch, der Sanne schon immer ein Dorn im Auge gewesen war. Jeglicher Platz für ihn, Mattis, war knapp bemessen. Es war ihm nicht erlaubt, sich auszubreiten. Jeder breitete sich aus in diesem Haus: mit Sachen, die herumlagen, mit schmutzigem Geschirr in der Küche, mit Unmengen von Schuhen im Windfang, mit Shampooflaschen, Wasserlachen und nassen Handtüchern im Badezimmer. Sogar die Vögel im Garten breiteten sich aus. Sie kackten auf die Terrasse, scharten sich um das von Sanne zwanghaft gepflegte Vogelhaus und warfen das Futter, das sie nicht mochten, einfach hinunter; da lag es dann und zog Ameisen, Schnecken und Mäuse an, die sich wiederum ausbreiteten.

Es klopfte noch einmal.

»Ja?«

Die Tür öffnete sich einen Spalt, und Mattis erkannte einen Wust von Haaren. Es war Ben. Er lugte durch den Türspalt ins Zimmer.

»Ich hab noch Licht gesehen«, sagte er. »Darf ich dich was fragen?«

Seltsam, dachte Mattis. Als hätte er seinen Sohn seit Jahren nicht gesehen, dabei liefen sie sich oben im Haus ab und zu über den Weg. Allerdings sprachen sie kaum miteinander. Ben wohnte jetzt in einer WG in der Innenstadt.

»Natürlich. Komm rein. Ich bin schon im Schlafanzug.« Mattis sah an sich herunter. Hätte er sich doch noch nicht umgezogen.

Ben setzte sich auf das Sofa. Ein Mann. Ein Erwachsener. Sehr schlank, fast dünn, aber athletisch. Das T-Shirt eng anliegend, breite Schultern, definierte Muskeln an den Oberarmen. Die Dreadlocks standen ihm vom Kopf ab, ein beeindruckender Schädel mit all dem Haar, an der Lippe ein Piercing. Die große Nase, eine Paulsen-Nase.

Mattis setzte sich auf seinen Schreibtischstuhl und rollte damit näher zu Ben heran, der an seinem Piercing herumfummelte.

»Ist was passiert?«, fragte Mattis schließlich.

»Ja.«

Mehr kam nicht. Es dauerte. Mattis wusste nicht, was er sagen sollte. Vor ihm saß nicht der Siebzehnjährige, auf den er so wütend gewesen war. Das war lange her. Ben war inzwischen ein anderer geworden.

»Kannst du dich an Meytab erinnern?«, fragte er. »Sie war mal hier, bevor ich nach Frankreich bin.«

»Das türkische Mädchen?«

»Ja.«

Ben schaute sich um. Konnte es sein, dass er noch nie hier unten gewesen war? Ja, wahrscheinlich. Warum auch. Wer wollte schon sehen, wie der Vater hauste. Besser, man bekam ihn nur oben im Haus zu Gesicht oder gar nicht.

»Willst du ein Glas Whiskey?«, fragte Mattis. »Ich habe mir gerade eins eingeschenkt. Zum Einschlafen.«

»Hast du kein Bier?«

»Doch. Schau mal.« Mattis musste grinsen. Er öffnete seinen kleinen Kühlschrank, der zur Hälfte mit Bierflaschen gefüllt war. Er reichte eine davon Ben, der sie mit einem Feuerzeug öffnete.

»Hunger?«, fragte Mattis.

»Nein.«

»Ich schneide Salami auf. Gute, französische. So was kriegst du oben nicht. «

»Ich bin Vegetarier, Papa.«

»Heute machst du eine Ausnahme.«

»Bestimmt nicht.«

Mattis schnitt trotzdem die Wurst an. Er legte Oliven und eine Ecke Käse dazu und stellte alles auf den Couchtisch. Er hatte ein komisches Gefühl. Eine Ahnung. Aber er schob sie beiseite.

»Du lebst gar nicht so schlecht hier unten, was?«, fragte Ben.

»Geht es um das Mädchen? Ist sie deine Freundin?«

Ben trank in großen Schlucken von seinem Bier. Musste er sich Mut antrinken? Dieser junge Mann mit der opulenten Frisur? Er schnaufte vor Aufregung, lehnte sich vor mit der Flasche in der Hand, dann wieder zurück. Was war nur los mit ihm?

»Nicht wie du denkst. Ich kenne sie schon lange.«

»War sie der Grund, dass du abgehauen bist damals?«

»Was?« Endlich schaute Ben ihn an.

»War es Meytab, wegen der du nach Barcelona bist?«

»Nein, wie kommst du darauf?«

»Alle dachten, es ginge um ein Mädchen.«

»Pfft ...«

Was sollte das, dieses Pfft? Ben kam hier herunter, mitten in der Nacht, um ihn mit einem Pfft zu beglücken? Warum rückte er nicht endlich mit der Sprache heraus? Was brauchte er? Geld?

»Was willst du, Ben? Was hast du angestellt?«

»Gar nichts. Ich hab nichts angestellt.«

Er stützte die Ellbogen auf die Knie und ließ den Kopf hängen. Mattis sah nur noch Bens Haare und eine Hand, die das Bier hielt. Er selbst nahm einen Schluck Whiskey und gleich noch einen. Zeit verstrich. Er musste gähnen.

»Meytab wurde vergewaltigt«, sagte Ben irgendwann, ohne den Kopf zu heben.

Meytab wurde vergewaltigt. Mattis dachte ganz kurz, ob Ben es gewesen war. Dann schämte er sich. Wie konnte er nur.

Ben lehnte sich zurück. Er trank von seinem Bier, starrte auf den Teller mit dem Essen auf dem Couchtisch und wartete. Und als Mattis ihn so sitzen sah, einfach nur abwartend, da wusste er Bescheid. Natürlich. Die Ahnung, das komische Gefühl, jetzt war auf einmal alles ganz klar. Ja, sein Sohn brauchte etwas von ihm. Deshalb war er in den Keller hinabgestiegen. Deshalb hatte er sich überwunden und an diese Tür geklopft. Nicht wegen ihm, Mattis, seinem Vater. Der war ihm vollkommen egal.

»Ömer Özgün, nicht wahr?«, fragte er.

Ben nickte.

Das Gutachten. Mattis hatte es am Vormittag ausgedruckt, unterschrieben und mit dem Gerichtsstempel versehen. Ein Tötungsdelikt. Ömer Özgün hatte den Vergewaltiger seiner Tochter erschlagen. Ihr Name war Meytab Özgün.

»Hast du noch ein Bier?«, fragte Ben.

Mattis gab ihm eins und schenkte sich Whiskey

nach. »Ich darf dir das gar nicht sagen, aber Ömer Özgün war zum Zeitpunkt der Tat voll schuldfähig.«

Sie tranken.

»Es gibt eindeutige Kriterien. Und alle, ich sage *alle*, sprechen dafür, dass er wusste, was er tat.«

Ben schloss die Augen. »Papa«, flüsterte er. »Du hast sie nicht gesehen.«

»Doch, das habe ich. Ich habe die Fotos gesehen.«

»Es war der, der ihr die Zähne ausgeschlagen hat. Der Anführer. Er war mit ihr auf der Schule. Meytab hat ihn erkannt, aber sie haben ihr nicht geglaubt.«

»Er hatte ein Alibi.«

Ben blickte auf und sah Mattis direkt an. »Bitte, Papa.«

Er hatte Sannes Augen. Dunkelbraun und fast mädchenhaft schön. Er tat Mattis leid. Ben liebte das Mädchen. Für Meytab Özgün hatte er seinen Stolz begraben, den Stolz eines jungen Mannes. Er war in den Keller gekommen und flehte seinen Vater an.

Wie selbstlos und wunderbar sie ist, die Liebe, dachte Mattis. Wenn sie doch nur noch einmal möglich wäre, für ihn, nur noch ein einziges Mal. Und wenn Ben doch nur mit etwas anderem gekommen wäre. Natürlich hätte Mattis ihm geholfen, sie hätten ins Gespräch kommen können. Sich etwas aus ihrem Leben erzählen. Vielleicht eine Reise planen. Das machten andere Söhne auch mit ihren Vätern.

»Es geht nicht, Ben. Das Urteil wird in der nächsten Instanz kassiert, wenn das Gutachten nicht niet- und nagelfest ist.«

»Aber es gibt doch bestimmt Spielräume.«

»In diesem Fall nicht.«

»Du könntest es doch versuchen.«

»Es wird auf Totschlag hinauslaufen. Ein paar Jahre, Ben. Für ein Menschenleben.«

Ben kippte wieder nach vorne. Nur noch sein Haar und seine Hand mit der Bierflasche. Weinte er? Nein.

»Ich war bei ihr im Krankenhaus«, sprach er ganz ruhig. »Das Erste, was sie gesagt hat, war, dass ihr Vater es nicht erfahren darf. Immer wieder. Sag es nicht meinem Vater!« Er trank von dem Bier. »Herr Özgün hat mich immer gemocht. Wir haben oft über Politik geredet. Er ist Kommunist, weißt du das?«

Mattis nickte.

»Religion und Ehre und alles, das bedeutet ihm nichts. Er wollte nur wissen, was mit Meytab los ist, er hat mich gefragt, er war verzweifelt, und ich hab es ihm gesagt. Verstehst du, Papa?«

»Ich denke schon.«

»Meytab spricht nicht mehr mit mir. Sie ist wie tot. Wenn ihr Vater ins Gefängnis muss, dann erholt sie sich nie.«

»Herr Özgün ist selbst für seine Tat verantwortlich, nicht du. Er ist ein erwachsener Mann. Seine Situation wird berücksichtigt werden.«

»Sie wird nie mehr wie früher sein. Sie gibt sich selbst die Schuld dafür, dass sie vergewaltigt wurde. Seitdem geht sie im Tschador, sie verschleiert sich. Dabei ist sie nicht mal religiös! Sie versteckt sich.«

»Das ist verständlich, Ben. Gib ihr Zeit, es ist noch nicht lange her.«

»Bitte, Papa.« Ben fummelte das Etikett von seiner Bierflasche ab und starrte ins Leere. »Ich hab dich noch nie um was gebeten.«

»Bitte mich um etwas anderes, und ich mache es möglich.«

Ben stellte mit einem lauten Geräusch die Bierflasche ab.

»Ihr könnt alle jederzeit kommen, wenn ihr etwas braucht«, versuchte Mattis es noch einmal.

»Ach ja?« Ben stand auf.

»Setz dich hin.«

»Ich bin gekommen, du hast Nein gesagt, ich gehe wieder.«

»Setz dich wieder hin! Meytabs Vater muss so oder so ins Gefängnis. Hast du gedacht, er kommt damit durch? Mein Gutachten ist reine Routine. Jeder weiß, dass er einfahren wird: Sein Anwalt weiß es, die Staatsanwältin, die Richterin, alle wissen es, und du weißt es jetzt auch. Willst du in einem Land leben, in dem man das einfach so durchgehen lässt? Willst du das?«

»Was würdest du machen, wenn es Lena wäre?«

»Er hätte an seine Tochter denken müssen. Es nützt ihr nichts, was er getan hat, im Gegenteil.«

»Aber der Typ ist frei herumgelaufen!«

»Es gab eben Zweifel. Macht Meytab eine Therapie?«

»Nein.«

»Nein? Das sollte sie aber. Ich kann ihr einen

Platz besorgen. Das ist es, was sie braucht, nicht ein getürktes Gutachten.«

Sie standen sich gegenüber. Ben war groß, viel größer als Mattis.

»Setz dich wieder hin, Ben!«

Ben nahm die Türklinke in die Hand.

»Wenn es nicht Meytab war damals, warum bist du dann nach Barcelona abgehauen? Was war der Grund?«

»Ist das noch wichtig?«

»Für mich schon.«

Ben wandte sich um zum Gehen. »Eigentlich war es eine Kleinigkeit«, sagte er zur Tür hin.

»Welche?«

Mattis wartete. Ben stand mit dem Rücken zu ihm. Nichts passierte.

»Bitte, Ben.«

»Ich hab einen Porno angeschaut, und Mama ist reingeplatzt.«

Mattis lachte kurz auf, er konnte nicht anders.

»Für mich war das schlimm. Ich musste weg.«

»Warum bist du nicht zu mir gekommen?«

»Du hättest nichts machen können. Es war passiert. Sie hatte es gesehen.«

»Ich hätte dir gesagt, dass es ihre Schuld ist, wenn sie nicht anklopft.«

»Ich hab euch einfach alle gehasst.«

»Aber warum?«

Ben strich über die Türklinke. »Ganz ehrlich? Ich weiß es nicht mehr.«

Er öffnete die Tür, verharrte, schaute in den dunklen Flur.

»Vielleicht kannst du noch mal schauen, ob es nicht doch einen Spielraum gibt«, sagte er in den Flur hinaus, sodass seine Stimme zurückhallte. »Vielleicht findest du noch was.«

»Ja, ich gehe alles noch einmal durch. Wenn ich etwas finde, berücksichtige ich es. Aber es wird nichts nützen. Sag Meytab, dass sie eine Therapie braucht.«

»Sie macht keine. Sie schämt sich.«

Ben ging die Treppe langsam im Dunkeln nach oben. Kälte kam durch die offene Tür herein.

»Ben?«

»Was?«

»Lass uns nach Australien fahren. Mit deinem Bruder. Wie früher unsere Ausflüge, weißt du noch? Wir nehmen einen Camper und fahren einmal quer durchs Outback. Das wollte ich schon immer mal.«

Ben blieb kurz stehen. »So ein Vater-Sohn-Ding?«

»Ja, genau. Warum nicht?«

»Ich kann Meytab nicht allein lassen. Sie geht an jedem Prozesstag ins Gericht.« Er stand nun oben am Treppenabsatz.

»Es wird nur noch einen geben.«

»Ich muss für sie da sein.«

»Alles wird wieder gut, Ben«, sagte Mattis in die Dunkelheit. »Auch für Meytab.«

Ben antwortete nicht. Mattis hörte nur noch die Haustür zuschnappen. Er räumte die Flaschen weg und legte sich in das ausgeklappte Bett. Das Licht war noch an, eine schwarze Spinne saß in der Ecke über ihm. Sie war ganz ruhig. Ob sie schlief? Wenn die Nächte kälter wurden, kamen sie scharenweise herein. Es waren Winkelspinnen, Mattis hatte im Internet nachgesehen. Nach langem Regen verirrten sich sogar Frösche in den Keller, sie klebten dann ratlos an den Fensterscheiben und fanden nicht zurück in den Lichtschacht, durch den sie gekommen waren. Ob sie sich von den Spinnen ernähren würden, wenn man die Frösche Quartier beziehen und gewähren ließe?

Sanne hatte nichts gesagt. Sie hatte zehn Tage lang geschwiegen, Mattis konnte es nicht fassen. Alles wäre doch anders gekommen, wenn sie es ihm erzählt hätte.

Pablomas

Thomas 2014

»Wie war es, als du es deinen Eltern gesagt hast?« David kam mit zwei Gläsern Sekt aus der Küche zurück. Nach dem Sex hatte er immer diesen Drang zu reden.

»Frag lieber nicht.«

»So schlimm?« David lachte nur. Reichte mir mein Glas und setzte sich neben mich aufs Bett.

»Ich will nicht darüber sprechen.« Ein wenig zu schroff. Es war mir ernst.

Jetzt lachte er nicht mehr.

»Sei nicht gekränkt.«

Aber er war gekränkt. Schob meine Hand von seinem Oberschenkel. »Immer weichst du mir aus«, sagte er. »Als würde ich einen Fisch lieben. Ich kriege ihn nicht zu fassen.«

»Sind wir wieder beim Thema, ja?«

Wieder zu schroff.

Er trank einen Schluck und schaute mich an. Machte eine Schnute und schaute mich weiter an. David gab nie auf. Er war wie ein Specht, der unermüdlich auf die gleiche Stelle klopft, immer wieder, bis man verrückt wird, bis es keiner mehr hören kann und bis diese Stelle etwas frei gibt, etwas Verborgenes, Essbares.

Ich spürte noch seine Feuchtigkeit an mir. Seine Kraft auf mir drauf.

»Es war meine Zeit in Madrid.«

»Du hast es ihnen am Telefon gesagt?«, fragte David überrascht.

»Ja. Am Telefon.«

»Und?«

»Nichts und. Hör auf, David, bitte!«

Er verdrehte die Augen. »Warum hältst du mich immer auf Abstand? Denkst du, ich mache das ewig mit? Denkst du das?«

Nein, das dachte ich nicht. »Also gut«, sagte ich deshalb. »Pablo hat mich wochenlang damit genervt, so wie du jetzt. Er bestand darauf. Wie soll ich dich respektieren, wenn du es nicht mal deinen Eltern sagst? Wie kannst du dich selbst respektieren, wenn du nicht dazu stehst? So ging es die ganze Zeit. Er verstand das einfach nicht. Ich wollte mit meiner Welt zu Hause eine Zeit lang nichts zu tun haben. Ich wollte nicht mal an sie denken. Das Leben in Madrid war für mich ein einziges Fest, wir knutschten in aller Öffentlichkeit, in den Parks, auf der Treppe zur Metro, einfach überall. Die Uni interessierte mich nicht, wir zogen durchs Viertel, eine WG nach der anderen, die Bars, die Clubs, und jeder einzelne von uns war der Allergrößte. Warum sollte ich also mit meinen Eltern sprechen? Aber Pablo ließ nicht locker. Er fing immer wieder davon an. Die Welt ist nicht Chueca, unser Viertel, sagte er, die Welt ist nicht Madrid. Wie willst du da draußen zurechtkommen, wenn du vor den eigenen Eltern den Schwanz einziehst? Er kam aus einer Kleinstadt, er wusste Bescheid. Sein Vater war Beamter im Bürgermeisteramt, und seine Mutter hatte vier Kinder großgezogen, um vier mal vier Enkelkinder zu bekommen. Man merkte ihm das an, das Konservative, das Ernsthafte. Ich mochte das.« Ich holte kurz Luft. »Wir waren schon dreizehn Wochen zusammen, in Chueca eine Ewigkeit. Pablo zählte jeden Tag. Er feierte dauernd irgendein Jubiläum mit mir. Heute ist es eineinhalb Wochen her und solche Sachen. Im Augenblick sind wir seit genau einhundert Stunden zusammen. Sie machten sich schon über uns lustig. Sie nannten uns Pablomas: Pablo und Thomas, das war eins. Man kriegte den einen nicht ohne den anderen zu sehen. Er wollte auch, dass wir uns ein Tattoo stechen lassen und dass wir so eine Hochzeit feiern, die gab es damals, praktisch jede Woche eine, mit Brautkleid und einem Ledertypen als Pfarrer, nur so zum Spaß, aber für Pablo war es kein Spaß. Er sagte, erst wenn ich endlich mit meinen Eltern gesprochen hätte, wären wir ein richtiges Paar und könnten unser Leben in Angriff nehmen. So war er. Unser Leben in Angriff nehmen … Er glaubte wirklich daran. An die Liebe und alles.«

»Glaubst du nicht daran?«, fragte David.

»Ich weiß nicht. Du?«

»Wenn du es nicht weißt.«

Wir schwiegen. Und jetzt war es bedrückend, dass David nichts sagte. Er schaute nur irgendwohin ins Leere und sah traurig aus.

»Pablo war neunzehn«, fing ich also wieder an. »Du hättest ihn gemocht.« Ich versuchte, munter zu klingen, aber es gelang mir nicht.

»Hör auf mit Pablo. Wie haben deine Eltern reagiert?«

»Na ja, sie leben nicht in einer Kleinstadt mit einhundert Kirchen. Mein Vater ist Gutachter bei Gericht, der ist nicht so leicht aus dem Konzept zu bringen. Sie wussten, wie man reagiert. Es war nur der falsche Zeitpunkt, ich in Madrid. Aber so wollte ich es haben, kurz und schmerzlos. Diese zwei Leute da zu Hause, die waren damals nicht so wichtig für mich, Pablo war wichtig, und er war stolz auf mich. Er mobilisierte die Jungs aus dem Viertel, die ganze verrückte Bande, und wir feierten eine spontane Party in einem der oberen Stockwerke im besetzten Haus an der Plaza de España. Ein Italiener hatte Boxen besorgt und einen Generator, und er rappte zur Musik in einem fürchterlichen Spanisch, es war ohrenbetäubend. Er hatte auch den Schnaps besorgt, kein Mensch wusste, wie er sich das alles leisten konnte, wir hatten Schnaps für die ganze verdammte Stadt. Und Joints gingen herum, Kerzen überall, so eine Transe legte einen Showtanz hin, und jeder, der wollte, kriegte einen geblasen. Das ließ sich keiner zweimal sagen. Nur

Pablo, der zog mich in einen der leer stehenden Räume, der Boden war voll mit Rattenmist, es stank erbärmlich, aber Pablo wollte sich bei mir bedanken, aber nicht vor allen Leuten, es sollte ein intimer Moment sein. Er schaute zu mir hoch, da war so ein Leuchten, so ein Strahlen in seinem Gesicht, und ich hatte das Gefühl, der wertvollste Mensch von Madrid zu sein, wenn nicht des ganzen Universums; denn mein Universum, das war sowieso Pablo, wie er da vor mir kniete und mich für etwas hielt, das ich wahrscheinlich gar nicht war. Aber so fühlte es sich nicht an. Es fühlte sich an wie für die Ewigkeit. Wir schmissen uns ins Getümmel und tanzten, und Pablo zog sein Hemd aus und ließ sich von mir mit dem Kajalstift von der Transe Pablomas auf den Rücken schreiben.«

»Pablo, Pablomas, das war ja eine ganz große Liebe!« David seufzte übertrieben.

»Die Geschichte geht noch weiter.«

»Ich will sie nicht mehr hören.«

»Doch, stell dich nicht so an. Es geht doch nur um eine Party und irgendeinen Typen. Eine harmlose Unterhaltung, das wolltest du doch. Pablo hielt eine Rede, er machte ein Mordsding draus. ›Hier steht er: Thomas aus Deutschland. Er hat Mut bewiesen, er hat das spießige, feige Tier in seinem hübschen Kopf bezwungen, unser Held.‹ Pablo wuschelte mir dabei durch die Haare, ich hatte eine tolle Mähne zu der Zeit. Die Jungs johlten. Sie ließen uns niederknien und flößten uns Schnaps ein, und einer schlug mich mit seinem Schwanz zum Ritter. Sie schrien Pablomas, immer wieder.

Pablo kam kaum mehr hoch, er war total besoffen. ›Du brauchst mal frische Luft‹, sagte ich, legte seinen Arm um meine Schulter und schleppte ihn zum Fenster. Da waren keine Scheiben mehr drin, der Geruch der Stadt strömte mit der warmen Luft zu uns hoch. Wir schnauften durch, unter uns der Platz, das Denkmal, der Verkehr. Pablo hatte recht behalten, es war eine Befreiung, es gesagt zu haben; ein Aufbruch aus einem ganz kleinen, engen Land in ein ganz großes, weites. Ich umarmte ihn und drückte ihn ganz fest an mich, wir küssten uns. Pablo kletterte auf den Fenstersims und setzte sich darauf, mit den Beinen nach draußen. Ich wollte ihn davon abhalten, und er rief: ›Du passt schon auf mich auf!‹

Ich hielt ihn von hinten fest, die Arme um seinen Bauch, und er sagte: ›Schau dir die Lichter an, jetzt ist es deine Stadt, Thomas, jetzt gehörst du dazu.‹ Und er grölte raus in die Nacht: ›Pablomas!‹ Dann drehte er den Kopf zu mir und griff sich mein Ohr, er wollte etwas hineinsagen. Dabei verlor er das Gleichgewicht, ganz kurz lachte er sogar noch. Es ging schnell, wahnsinnig schnell, seine Hand krallte sich ans Fensterbrett, ich packte seinen Arm, aber Pablo wurde panisch, zappelte herum, zappelte wie ein Verrückter und schrie immer wieder meinen Namen, Thomas, Thomas, die Augen aufgerissen. Seine Hand glitt vom Fensterbrett, ich schrie um Hilfe, aber die

Musik war zu laut, einfach zu laut, niemand hörte mich. Ich konnte ihn nicht halten.«

Ich saß da, nackt, auf dem zerwühlten Bett. Stille.

David atmete kaum und nahm meine Hand. »War er tot?«

»Er ist auf ein Verkehrsschild gefallen«, sagte ich.

David zog mich an sich und legte meinen Kopf an seine nackte Brust. Er rasierte sie, sie war stachelig.

»Es war auf einmal weniger Liebe in der Welt«, sagte ich in seine Brust.

Er streichelte meinen Kopf. »Nein, Thomas. Sie wird nicht weniger, die Liebe.«

Ich roch seinen Schweiß.

Unten

Ben 2015

Thomas nahm mich mit auf eine Party. Das machten wir manchmal, er zeigte mir sein Revier oder ich ihm meins. Heute war er dran. Er hatte sich schick gemacht, trug ein hautenges schwarzglänzendes T-Shirt und eine enge schwarze Hose. Er zeigte seine tolle Figur. Und er roch nach einem sehr süßen Parfüm.

Die Gegend, in die er mich schleppte, war eintönig. Eine Reihenhaussiedlung. Manche der Häuser waren modernisiert, so gut es ging, andere fast im Originalzustand. Einige meiner Mitstudenten fingen schon an mit den Bausparverträgen, aber ich nicht. Bestimmt nicht.

»Hier soll eine Party sein?«, fragte ich Thomas. »Die größte Sause der Stadt?«

Mein Bruder hatte wohl mal wieder übertrieben. Aber wir würden den Abend miteinander verbringen, das war das Wichtigste. Es kam viel zu selten vor.

»Warte es ab«, sagte er jetzt und öffnete ein Gartentor.

Schon standen wir in einem der Vorgärten. Hässliche Blumenstauden, kurz geschnittener Rasen, ein

Erdmännchen blickte von einem Fenstersims auf uns herab.

»Süß, gell?«, sagte Thomas ironisch, als könnte er meine Gedanken lesen. Und tatsächlich, das konnte er manchmal. Ich seine auch.

Von drinnen war Lärm zu hören, Musik, Stimmen, Gelächter.

Wir mussten mehrmals klingeln, dann öffnete ein älterer Typ die Tür, es gab Küsschen und großes Hallo. Dann wandten sie sich mir zu.

»Wen hast du denn da Hübsches mitgebracht?«, fragte der Typ.

»Meinen Bruder«, sagte Thomas. Er hörte sich stolz an. War er stolz auf mich? Warum?

Im Haus war es voll. Überall Männer, quatschend, lachend, einander anschreiend wegen der lauten Bässe, irgendein Nullachtfünfzehn-Techno. Sie drückten sich mit ihren Gläsern in den Händen an die Wände, um uns durchzulassen.

Thomas zeigte auf jemanden weiter vorne im Gedränge. »Das ist er«, schrie er mir ins Ohr. »David!«

David war sehr hübsch. Er trug ein quietschgelbes Minikleid über seinen Jeans, hatte geschminkte Lippen, und eine Spange hielt seine blonden Locken aus dem Gesicht. Er drängelte sich zu uns durch.

»Das ist Ben, mein Bruder«, sagte Thomas.

»Na endlich, dein Bruder!«

David umarmte mich stürmisch. Er gab mir Küsschen auf beide Wangen und umarmte mich noch einmal. Dann zog er mich hinter sich her ins Wohnzimmer. Dort wurde getanzt, und die Männer zeigten ihre Muskeln. Ein junger Typ hatte ein bauchfreies Shirt an und stellte sein Bauchnabel-Piercing zur Schau, ein Kettchen mit einem blinkenden Herzen daran.

»Wer ist das?«, rief er und deutete auf mich.

»Mein Bruder«, antwortete Thomas.

»Uuuuh!«, machte der Typ.

»Nur gucken, nicht anfassen!«, rief Thomas in die Runde und lachte.

Ein großes »Ooooh!« im Chor.

Wir kämpften uns zum Esszimmer durch, wo ein Mädchen pinkfarbene Cocktails mixte. David nahm drei davon.

»Darauf stoßen wir an, ich lerne endlich Thomas' Bruder kennen.«

Er strahlte, wir prosteten uns zu und tranken.

David war dann ein bisschen verlegen. Ich auch. Wir mochten ihn beide, unseren Thomas. Der schaute nur spöttisch, weil David mich vor lauter Verlegenheit schon wieder umarmte.

»Er ist toll, dein David«, brüllte ich Thomas ins Ohr.

»Was?«, rief David.

»Du bist toll!«, wiederholte Thomas.

David warf seine Locken nach hinten. »Das stimmt, nur hast du das noch nicht ganz begriffen.« Er lachte.

»Komm, wir tanzen«, rief Thomas, und wir legten alle drei los.

Niemand konnte feiern wie die Schwulen auf

ihren Partys, in ihren Clubs und Bars. So kam es mir zumindest vor. Sie waren so eins mit sich und mit ihren Körpern, sie zeigten sich, sie schämten sich nicht, sie waren so ungeniert. Sie suchten sich jemanden aus, und schon ging es los.

Fast beneidete ich sie.

Nein, nicht nur fast.

Ich beneidete Thomas schon immer, und jetzt ganz besonders.

Denn ich hatte niemals Sex, außer mit mir allein. Ich hatte keinen David. Ich hatte sogar den Spaß an den Pornos verloren. Ich konnte sie nicht mehr sehen. Es ging nicht, seit das mit Meytab passiert war. Es war ja nicht einfach passiert, jemand hatte das gemacht. Ein Mensch, ein Mann aus Fleisch und Blut, wie ich selbst einer war. Ich kam mir dauernd schlecht vor. Und ich masturbierte Tag und Nacht. Pausenlos. Ich musste. Aber das Kino in einem Kopf, das war ja nicht viel besser als die Pornos, und ich schämte mich. Trotzdem machte ich immer weiter. Traurig und besessen.

Und hier? Hier war alles so leicht. So einfach. Wir tanzten. Ein Dunst von Shit und Schweiß um uns herum. David hüpfte wie wild, streckte die Arme in die Höhe, er war überall rasiert, unter den Achseln, an der Brust, sein Minikleid leuchtete. Wie glücklich Thomas sein musste.

Später stand ich mit ihm auf der Terrasse. Wir rauchten, und die Nachtluft war kühl und klar. Über uns Sterne, selten zu sehen im November. Neben uns die akkuraten Gärtchen der angrenzenden Reihenhäuser.

Seltsam, dass sich niemand über den Lärm beschwerte. Vielleicht war das eine ganz und gar schwule Siedlung, und jeden Tag feierte jemand, sie besuchten sich gegenseitig und taten nichts anderes. Eine Gated Community nur aus Partyvolk, in der es nichts gab außer Tanzen, Drinks, Flirterei und diese Lebenslust.

Wieder beneidete ich sie.

Auch wenn das alles nur das verklärte Bild eines armen Heteros war. Das wusste ich, aber es wurde nicht besser davon. Irgendwann würde mich meine Sehnsucht noch auffressen.

»Wie läuft es mit Meytab? Neuigkeiten?«, fragte Thomas und sah in den Nachthimmel. Ich tat das Gleiche, einfach nach oben schauen. Ja, mein Bruder konnte meine Gedanken lesen. Aber ich wollte nicht darüber sprechen. Thomas verstand das sowieso nicht, niemand konnte das verstehen, die Sache zwischen Meytab und mir. Alle fragten immer nur, ob wir jetzt endlich zusammen wären. Als ließe sich das so einfach definieren. Die Menschen brauchten ihre Schubladen. Ich passte da nicht rein, und Meytab auch nicht.

»Es stagniert«, sagte ich irgendwann.

»Wie lange soll das noch stagnieren, Bruder? Dein Leben verstreicht. Du bist schon so lange scharf auf sie.« Dann rief er gespielt theatralisch in die Dunkelheit: »Unerfüllte Liebe! Wie furchtbar!«

»Ich kann nicht mehr scharf auf sie sein, weißt du. Nach allem.«

»Und? Bist du trotzdem?«

Ich zuckte mit den Schultern und zog an meiner Zigarette. »Nicht mehr so. Aber immer noch. Ist das nicht bestialisch?«

»Bestialisch? Klar. Das ist es doch immer.« Thomas lachte.

»Oder denkst du, wenn ich David hinten lecke, ist es nicht bestialisch? Wenn ich meinen Schwanz in seinen Hintern stecke?«

Ich verzog das Gesicht.

»Wir haben eben dieses geile Tier in uns«, redete er einfach weiter. »Tja, würde unsere Oma Frieda sagen. Deshalb sind wir noch lange keine Vergewaltiger, hörst du? Melde dich wenigstens bei Tinder an.«

»Tinder ist Scheiße.«

»Ach, du hast schon?«

»Sie stellen falsche Fotos ein. Es ist grauenhaft.«

»Leg ein Handtuch drüber.« Er lachte wieder und winkte durchs Fenster einem Typen auf der Tanzfläche zu, der eine obszöne Geste machte; Thomas tat entrüstet.

Er hatte leicht reden. Er war eben anders, er hatte wahrscheinlich schon hundert Männer gehabt. Bei ihm ging das alles ganz leicht. Sich treffen, vögeln.

»Hast du nicht einen Rat für mich?«, sagte ich, um irgendwas zu sagen. »Außer das mit dem Handtuch? Was soll ich mit Meytab machen?«

»Versuch es doch einfach mal. Überlass ihr die Entscheidung. Vielleicht würde es ihr guttun.«

»Wie meinst du das? Es würde ihr guttun? Sie lag nackt auf einem Schneehaufen, ihr fehlten zwei Zähne. Sie musste operiert werden. Unten, verstehst du? Und dann soll ihr das guttun? Das ist der größte Mist, den ich jemals gehört habe. Das ist totaler Schwachsinn.«

Thomas zündete sich noch eine Zigarette an. Ich entdeckte ein weiteres Erdmännchen, das auf einem Stein stand und zu uns herüberglotzte. Die Erdmännchen hatten hier anscheinend das Sagen. Ich musste an den Garten in Murnau denken mit seiner wilden Wiese, den alten Bäumen und den Büschen, in denen wir Verstecken spielten, Thomas, Lena und ich. Charly saß im Sommer in ihrem Gehege, und wenn man sie rief, kam sie mit ihrer Prothese angekrabbelt und schnappte sich ihr Salatblatt.

»Wie du redest«, sagte Thomas und blies den Rauch aus. »*Unten.* Was soll das sein, *unten?* Etwa ihre Muschi? Und sie soll jetzt nie mehr Sex haben, weil sie vergewaltigt wurde? *Das* ist Mist, wenn du mich fragst.«

Ich dachte wieder an Charly. An früher in Murnau, als noch alles in Ordnung war. Auch mit Meytab.

»Du musst sie ja nicht gleich auf Teufel komm raus vögeln«, redete Thomas weiter. »Leck sie. Ausgiebig, verstehst du. Nicht bloß kurz. Du wirst sehen, ob sie es mag. Ob es ihr guttut. Schau ihr ins Gesicht. Hör ihr zu, verdammt. Jetzt muss ich dir erklären, wie das mit einer Frau geht? Dein kleiner Bruder? Ich bin schwul, Mann.«

»Ich kann das nicht«, sagte ich und hörte selbst, wie jämmerlich das klang.

»Doch, du kannst das. Glaub mir. Das Tier. Ich habe es, der Typ da drin hat es, David, den du toll findest, hat es, und du hast es auch. Sogar Meytab hat es. Es schlummert vielleicht ein bisschen, aber es ist da. Es liegt vielleicht in einer Burg, und du musst rüber über den Burggraben, du musst dich beweisen, dann kannst du es aufwecken.«

Mein Bruder wurde wieder theatralisch. »Ich verabscheue das Tier«, sagte ich.

»Dann ist dir nicht zu helfen, Bruder. Du wirst ein Griesgram, wenn du so weitermachst.«

»Ja, du hast leicht reden. Du hast es immer einfach gehabt.«

»Ach ja? Meinst du?«, fragte Thomas und sah mich ernst an.

Ich war ein Idiot. »Entschuldige.«

Er winkte ab und lachte. »Versuch es doch mal mit dem Typen da drin. Der ist süß. Aber Vorsicht, er macht es mit der Faust.«

Diesmal verdrehte ich die Augen und hielt mir die Ohren zu. Thomas erschreckte mich gerne mit Details. Er mochte es, wenn ich verlegen wurde. Er war durchtrieben, mein kleiner Bruder.

»Lieber der mit dem blinkenden Herzchen im Bauchnabel«, sagte ich.

»Ach, du magst die Tunten? Na dann …« Er

wollte schon wieder reingehen, zögerte aber kurz und sagte: »Ich brauche auch mal deinen Rat, Bruder.«

»Ja?«

»Soll ich mit diesem Typen da auf der Tanzfläche nach oben gehen oder doch besser treu sein?«

»Mit Mister Fister? Ist das dein Ernst?«

»Wieso nicht?«

»David ist toll, ich meinte das ernst«, sagte ich.

»Natürlich ist er das. Aber er will mich heiraten.« Thomas machte ein Gesicht, als hätte er in etwas Ekliges gebissen.

»Oh weh. Thomas Paulsen soll schon unter die Haube? Was macht er dann mit seinem Tier?«

»Ja eben! Keine Ahnung, Bruder.«

Jetzt gingen wir rein. Die Partyluft, feucht und schwer vom Schweiß der Männer, schlug uns entgegen, zusammen mit der Musik und dem Geschrei.

»Wir sollten mal wieder nach Murnau fahren«, rief ich Thomas im Gedränge zu. »Charly besuchen. Und Oma Frieda und Heinrich natürlich.«

»Ich komme mit!«, schrie David, er war plötzlich neben uns aufgetaucht. »Und wer ist Charly?«

»Im Frühling vielleicht. Charly schläft den Winter über.«

David schaute verstört drein.

»Unsere Schildkröte«, erklärte Thomas. Und dann zu mir: »Sie rufen mich jeden Monat an, Oma Frieda und Heinrich. Immer um den Ersten herum.«

»Mich auch. Bei mir ist es Mitte des Monats. Sie

werden schrullig, unsere Großeltern, findest du nicht?«

»Warum? Sie werden nur alt. Sie erzählen immer das Gleiche.«

»Oma ist okay, aber Heinrich?«, fragte ich skeptisch.

»Wir fahren hin. Wir muntern ihn schon auf. Aber jetzt feiern wir, Bruder!«

Thomas deutete auf das Mädchen an der Cocktailbar, das mir jetzt mit einer Piña Collada zuwinkte. War sie etwa hetero? Oder bi? Sie lachte mich an und hielt den Cocktail hoch. Ihr Busen war groß und wippte.

Für einen kleinen Moment war ich glücklich. Thomas hatte recht. Das Tier, es war nun einmal da. Es ließ sich nicht ausmerzen. Es wohnte sogar hier in der Siedlung, es war laut und raubte allen den Schlaf. Aber niemand beschwerte sich.

2. Teil

Personen im Gleisbett

Max 2016

»Was machst du denn hier?«

Lena kommt mit ihren Eltern ins Bordrestaurant, sieht mich am Tisch sitzen und deutet mit einem ausgestreckten, spitzen Zeigefinger auf mich. Tja, Lena. Ihre Meinung über mich ist nicht die beste. Früher hielt sie mich nur für verhaltensgestört, aber seit der Aktion damals im Schwimmbad denkt sie, dass ich geisteskrank bin. Sie hat dauernd Angst, ich könnte was Peinliches oder Gefährliches machen. Das ist eine ernsthafte Verletzung meiner Seele. Lena hat sich insgesamt negativ entwickelt, finde ich. Früher mochte ich sie und fand sie hübsch. Jetzt findet sie sich vor allem selbst hübsch, und das zerstört leider ihre Aura. Die Aura ist extrem wichtig. Wirklich. Außerdem hat Lena keine Ahnung. Ich bin jetzt nämlich jemand anders. Ich bin nicht mehr Max, sondern eine Roboter-Ausgabe von Max, und sie haben mich auf vernünftig gestellt. Sie können Robomax jederzeit auch auf verrückt oder gefährlich stellen, wenn sie das wollen. Oder ich selbst kann das tun, aber ich weiß nicht genau, wie.

»Nele!«, ruft mein Onkel Mattis und umarmt meine Mutter ewig lange. Sie ist glücklich darüber. Das sieht man daran, dass sie die Augen zumacht und lächelt und nichts sagt. Er umarmt sie weiter, und sie stehen da, im Gang von dem Bordrestaurant. Ich zähle im Kopf und hoffe, dass sie noch bis einhundert so stehen bleiben.

Jetzt lassen sich die beiden los, und meine Mutter strahlt. Komisch. Wegen mir strahlt sie nie so. Aber so ist er halt, mein Onkel Mattis. Alle mögen ihn. Ein sehr freundlicher Charakter. Ich wäre wahrscheinlich auch glücklich, wenn er mein Bruder wäre. Er umarmt mich auch kurz und klopft mir kräftig auf den Rücken, wie das richtige Männer in Filmen machen.

Sie nehmen den Tisch gegenüber, Lena quetscht sich ans Fenster und setzt ihre Kopfhörer auf. Sie hört total laut Musik, ich kann es bis zu mir rüber hören. Eigentlich ziemlich asozial und nicht erlaubt, aber ich werde das nicht ansprechen.

Lenas Mutter fragt allerdings, ob das sein muss.

»Was?«, schreit Lena und hält kurz die Kopfhörer von ihren Ohren weg.

»Mach die Musik leiser!«

Lena verdreht die Augen und gibt keine Antwort. Ich verstehe sie, ihre Mutter ist schrecklich. Wirklich. Sehr schlecht gelaunt und sehr nervtötend. Jetzt sagt sie zu meinem Onkel Mattis, dass er Lena doch auch mal sagen soll, dass die Musik zu laut ist. Der hat offensichtlich keine Lust dazu, macht es aber trotzdem, damit seine furchtbare Frau zufrieden ist.

Und dann hält unser Zug an. Einfach so. Auf freier Strecke. Wir werden wahrscheinlich niemals ankommen und hier verrotten. Warum bin ich bloß mitgekommen? Es wird die ganze Zeit schrecklich sein, und ich werde in Trainingsrückstand geraten. Aber ich wollte meine Oma sehen. Ich liebe meine Oma mehr als jeden Menschen auf der Welt. Vielleicht ist sie sogar der einzige Mensch, dem ich solche Gefühle entgegenbringe. Das könnte sein. Ich will nicht darüber nachdenken. Ich denke lieber an Charly. Ich bin als Kind immer ewig lange im Garten in ihrem Gehege gesessen, habe sie mit Tomaten gefüttert, sie beobachtet und so getan, als wäre ich ein Wissenschaftler. Ich frage mich, wie sie tot aussieht. Ob die Beine und der Kopf aus dem Panzer heraushängen oder ob sie so verhutzelt ist wie eine tote Spinne, sodass man nur noch den Panzer sehen kann, weil die verschrumpelte Leiche drinnen vergammelt.

Wir stehen jetzt schon eine halbe Stunde. Es kommt keine Durchsage, was eigentlich los ist. Die Deutsche Bahn hat eine Menge Probleme, das ist offensichtlich. Ich schaue vor lauter Langeweile unauffällig zu Lena rüber. Wie sie da sitzt mit ihren Kopfhörern und ihrer asozialen Lautstärke und wie sie aus dem Fenster schaut und wie sie das gesagt hat: »Was machst du denn hier?« Wie sie ihre roten Haare herumwirft, als wäre sie Germany's Next Topmodel persönlich, wie sie halt einfach nur sie ist, Lena, Prinzessin Lena, das hasse ich einfach. Wirklich. Ich kann nichts dagegen machen. Ich möchte sie die ganze Zeit in den Paketgriff nehmen. Zum Glück bin ich Robomax und auf vernünftig gestellt.

Jetzt kommt endlich mal eine Durchsage, es befänden sich Personen im Gleisbett. Die Fahrt könne erst fortgesetzt werden, wenn sie entfernt worden seien. Das kann doch nicht so schwer sein. Also ich würde die Personen ziemlich schnell entfernen, wenn diese verdammten Türen aufgehen würden. Das Gleiche kommt noch einmal auf Englisch. Und dann wird gesagt, dass das Bordrestaurant ein Kombi-Menü aus einem Softdrink und einer Gemüselasagne bereithält. Ich frage mich, wer so ein Kombi-Menü haben will, außer vielleicht Lenas bescheuerte Mutter.

»Wieso geht es denn nicht weiter?«, fragt Lena ihren Vater und nimmt die Kopfhörer ab.

»Personen sind auf den Gleisen. Kinder vielleicht. Das wird noch ein bisschen dauern. Magst du was essen?«

Sie schüttelt den Kopf, setzt ihre Kopfhörer wieder auf und schaut erst ewig lange auf ihr Handy und schließlich aus dem Fenster. Ich glaube nicht, dass sie da draußen was sieht. Ich glaube, sie glotzt in irgendein Nichts.

»Und du? Hast du Hunger?«, fragt mich meine Mutter.

»Nein.«

»Ich will das Kombi-Menü«, sagt Lenas Mutter.

Tja.

»Ich trinke ein Bier«, sagt Onkel Mattis. »Und du, Nele?«

»Ich will auch ein Bier.«

»Ich auch«, sage ich.

Das passt meiner Mutter nicht, ich sehe es an ihrem Blick. Aber ich bin volljährig und kann so viel Alkohol trinken, wie ich will. Außer natürlich Antek Vukovic ist in der Nähe.

»Max, wie läuft es in der Ausbildung?«, fragt mich mein Onkel Mattis.

»Gut.«

»Wann bist du fertig?«

»Es ist keine richtige Ausbildung. Ich werde bloß Pflegehelfer.«

»Doch, das ist eine Ausbildung. Du kannst darauf aufbauen. Und du tust etwas sehr Sinnvolles.«

Ich schaue ihn an und dann Lena. Sie starrt auf ihr Handy. Sie ist bleich, nur die Hand von ihr ist ganz rot, sie hält sie sehr fest gedrückt und bohrt sich die Fingernägel in die Handfläche. Lena sieht ehrlich gesagt aus, als würde sie demnächst ausflippen.

Es kommt wieder eine Durchsage, aber ich achte nicht darauf, was gesagt wird.

»Was macht das Ringen?«, fragt mein Onkel Mattis.

»Läuft gut.«

»Er hat eine Chance, in die erste Liga zu kommen«, fügt meine Mutter hinzu. »Es sieht gut aus, dass er es schafft.«

Er trainiert jeden Tag, und dieses Wochenende wird Er bloß ein paar Kraftübungen machen können.

»Wow«, sagt mein Onkel Mattis und macht ein Gesicht, das man nur als wertschätzend und anerkennend interpretieren kann. Er schaut dabei erst mich an und dann meine Mutter. Sie lächelt.

»Wann fährt der Zug endlich weiter?«, ruft Lena und steht auf. Sie kann irgendwie nicht mehr. Ich bin mir sicher, dass sie durchdreht. Sie versucht total hektisch, über ihren Vater zu steigen, dabei verheddern sich die Kabel von ihren Kopfhörern in den Knöpfen von seiner Strickjacke. Sie zerrt daran herum, und dann fängt sie an zu schreien. Wirklich. Es sind eine Menge Leute im Bordrestaurant, und Lena schreit: »Wann fährt der Zug endlich weiter?«

»Lena! Reiß dich zusammen, verdammt nochmal!«

Ihre bescheuerte Mutter.

Lena versucht noch hektischer, über ihren Vater zu steigen, fällt schließlich über ihn drüber und landet im Gang zwischen den Tischen auf dem verranzten Teppichboden. Sie rappelt sich hoch. Ihre Augen sind riesig, als hätten sie gerade etwas sehr Schlimmes gesehen. Den Film *Hostel* zum Beispiel. Alle glotzen Lena an. Sie zittert wie verrückt.

»Lena, was soll das Theater?«, fragt mein Onkel Mattis.

Sie starrt ihren Vater an. Ihr Gesicht eine Art Schreimaske, und ich kann sie denken hören: Du also auch, du Verräter! Ihre Augenlider flattern nur so.

»Die Drama-Queen wieder!«, sagt ihre bescheuerte Mutter. Lena rennt heulend los und verschwindet weiter vorne im Zugklo. Ihre Mutter schaut meinen Onkel Mattis an, als wäre er an allem schuld.

»Was soll das bitte?«, fragt sie ihn.

Eine ziemlich blöde Frage, finde ich. Er steht nur auf und geht Lena hinterher, klopft an die Klotür und rüttelt an der Klinke. Lenas Mutter springt auf, stapft hinterher und schreit: »Es reicht! Ich hab die Schnauze voll!«

Wahnsinn. Alle Leute gaffen zu ihr hin. Und ich denke: Was hat Lena denn gemacht? Sie hat sich doch nur im Klo eingesperrt. Ist das jetzt ein Verbrechen in Deutschland, gibt es ein Gesetz, oder was? IM KLO EINSPERREN VERBOTEN? UNTER TODESSTRAFE!

Robomax steht auf und läuft in Richtung Zugklo. Er hat jetzt eine Aufgabe. Er ist nicht verhaltensgestört und nicht geisteskrank. Er ist ein Superheld. Er ist Bud Spencer. Lena ist daran schuld. Wie immer.

Ihre Mutter hämmert erst gegen die Klotür und schlägt dann wie eine Verrückte mit der Faust auf Onkel Mattis ein. Wirklich. Mein Onkel Mattis wehrt mit einem Arm ihre Schläge ab, mit dem anderen rüttelt er weiter an der Klotür und ruft: »Lena! Mach auf!«

»Lasst sie in Ruhe«, sage ich ziemlich laut.

Die beiden hören kurz auf mit ihrem verrückten Verhalten und starren mich an. Alles ist still. Der Zug steht immer noch. Bevor ein Tsunami kommt, zieht sich das Wasser zurück, kilometerweit, die Fische zappeln auf dem Trockenen. Wo man vorher die Wellen gehört hat, Tag und Nacht, hört man gar nichts mehr, kein Geräusch, nichts, sogar die Möwen sind davongeflogen; ich habe im Fernsehen einen Bericht gesehen, Katastrophen dieser Erde.

Von drinnen im Klo hört man ein Gepolter.

Lenas Eltern wollen gerade wieder loslegen, sie sind fast schon dabei, wieder gegen die Tür zu hämmern, aber ich schiebe mich dazwischen und sage: »Lasst sie. Bitte. Lasst sie doch in Ruhe, verdammt!«

Ich kann Lenas Mutter denken hören: Was will der denn jetzt, der verhaltensgestörte Spinner? Der hat ja nicht mal eine normale Schule besucht.

»Es könnte eine Panikattacke sein«, sage ich, der Robomax, Doktor Max. »Weil der Zug steht, weil wir eingesperrt sind. Das kann Panikattacken auslösen.«

Mein Onkel Mattis lacht. Ich weiß zwar nicht, warum, aber bitte sehr. Dann wird er auf einmal ganz ernst.

»Du hast recht«, meint er. »Der Zug steht schon so lange.«

Er lässt den Kopf hängen und sieht auf den Boden. Es macht ihm zu schaffen. Seine Tochter ein Psycho, daran hat er schwer zu kauen. Für mich ist es eher angenehm, dass mal wer anders der Psycho ist. Ich höre den Robomax atmen. Er hat eine Kugel um den Kopf wie ein Astronaut.

»Lässt du mich rein, Lena?«, fragt er.

Erst antwortet sie nicht, doch dann geht die Klospülung, und dann sagt sie: »Wenn die anderen weggehen.«

»Okay.«

»Ich gehe nicht weg«, sagt Lenas furchtbare Mutter.

»Doch«, widerspricht mein Onkel Mattis.

»Auf keinen Fall!«

»Doch.«

Meine Mutter ist gekommen und steht neben uns. Sie schaut meinen Onkel Mattis an und nickt.

»Wir gehen«, sagt er.

Zusammen ziehen sie Lenas Mutter weg, die Gott sei Dank nicht weiter herumschreit. »Das wirst du mir büßen«, raunt sie meinem Onkel Mattis zu, und das ist ehrlich gesagt das Bescheuertste von all dem Bescheuertem, das sie je von sich gegeben hat. Das ist die Nummer eins auf einer unendlich langen Liste.

Lena sperrt die Tür auf und lässt mich zu sich rein. Es ist die Behindertentoilette mit total viel Platz. Alles ist sauber. Behinderte machen offenbar weniger Dreck und pinkeln nicht daneben, obwohl sie es viel schwerer haben mit ihren verkrüppelten Beinen und allem.

Lena sitzt auf dem Klodeckel, hat einen hochroten Kopf und atmet in ein Knäuel von Papiertüchern.

»Die riechen bestimmt nicht besonders gut«, sage ich.

Sie schüttelt den Kopf.

»Was macht die Panikattacke?«

Sie winkt ab. »Geht schon«, sagt sie in die Papiertücher hinein, sodass man sie kaum verstehen kann.

»Ist es der Zug?«

Sie schüttelt den Kopf.

Ihre Fähigkeit zu kommunizieren ist offenbar eingeschränkt. Ihre roten Haare stehen in alle Richtungen. Die Wimperntusche ist zerlaufen, und der Lippenstift ein bisschen verschmiert. Lena sieht echt gruselig aus, man könnte glatt Angst vor ihr bekommen.

»Schau mal«, sagt sie und gibt mir ihr Handy.

Ihre Facebookseite. Eine gewisse DoctorHoo mit ekligem Duckface und blonden Haaren hat etwas auf ihre Seite gepostet:

[[WARUM LENA PAULSEN HÄSSLICH IST]]

Es gibt schon neunundzwanzig Kommentare. Und über siebzig Likes.

Aha.

Wir haben also ein kleines Mobbing-Problem.

Robomax muss nachdenken. Er kennt das ja. Er hatte die ganze Schulzeit über ziemlich große Mobbingprobleme.

»Warum machen die das?«, fragt Lena und schnieft. »Sie sagen immer, dass ich arrogant bin. Aber das stimmt nicht! Oder?«

Sie schaut mich von unten nach oben an. Irgendwie flehend. Ich habe Macht über sie. Ich, Max, habe Macht über Lena Paulsen.

»Nein, natürlich nicht!«, sagt Robomax.

Sie heult. »Macht das denen Spaß?«, fragt sie.

»Ja, das ist der Sinn vom Ganzen. Wenn man etwas Böses tut, ist das auch eine Art Spaß.«

Sie schluchzt. Ich hoffe, dass sie nicht sagt, dass ich das ja wissen muss. Und ich denke, dass DoctorHoo ins Hostel gebracht werden sollte, und man sollte die grausamsten Sachen nur speziell für sie aufheben. Wirklich. Und dann müsste sie mit ihren total blutverschmierten und gefolterten Fingern auf Facebook posten:

[[WARUM DOCTORHOO IN DER WELT VON LENA PAULSEN NUR EINE KAKERLAKE IST]]

Und dann würden sofort Hunderte Kommentare und Tausende Likes kommen. Das würde sie als Letztes sehen, bevor sie stirbt, diese DoctorHoo.

Das würde mir Befriedigung verschaffen, ehrlich gesagt.

»Ich hab eine Idee, Lena.«

»Du und deine Ideen, Max.«

»Was soll das heißen, bitte schön?«

Lena zuckt nur mit den Schultern.

»Wirst schon sehen. Wir machen einen Mega-Familien-Shitstorm. Wir bringen Facebook zum Glühen. DoctorHoo muss sterben!«

Es gibt ein Ruckeln, und der Zug fährt an. Die Landschaft draußen vor dem Klofenster setzt sich in Bewegung.

Lena stellt sich vor den Spiegel. »Oh Gott.«

Unsere Blicke treffen sich kurz im Spiegel, und etwas sehr Seltsames passiert in diesem Moment.

Lena Paulsen lächelt mich an.

Dann fängt sie an, sich das Gesicht sauber zu wischen.

Man wird entmündigt, wenn man alt wird, weißt du

Nele 2016

»Wo bleiben denn Ben und Thomas?«, fragte meine Mutter.

»Ich weiß nicht, ob sie kommen«, sagte Mattis. »Thomas hat nie Geld, und Ben schreibt bald Prüfungen.«

»Du hättest ihnen die Fahrkarten bezahlen können.«

»Du auch.«

Meine Mutter tat, als hätte sie ihn nicht gehört. Wir saßen im Schatten der zwei Buchen, die schon vor langer Zeit hoch oben ihre Kronen zu einem Blätterdach verbunden hatten. Auch wenn es regnete, konnte man an dieser Stelle des Gartens noch lange sitzen, und bei Sonnenschein, so wie heute, blieb es den ganzen Tag über kühl. Ich fasste an den Stamm neben mir, an die glatte graue Rinde. Als Kind hatte ich mir vorgestellt, einen Elefanten zu berühren. Heinrich hatte an einen der Bäume extra für mich eine Stufe gebaut (ohne auf meine Mutter zu hören), sodass ich den ersten Ast erreichen und mich daran hochziehen konnte. Von dort war es leicht, weiter hinauf zu klettern, bis zu einer Astgabel, in der ich bequem sitzen konnte, einen dicken Ast zwischen meinen Beinen. Ich glaubte, den Elefanten zu reiten, erhaben wie eine Königin.

»Und Heinrich? Wo bleibt er denn?«, fragte Mattis.

»Was weiß ich?«, sagte meine Mutter. »Wahrscheinlich hat er sich verquatscht. Mit der Alten vom Ende der Straße. Kennt ihr sie noch, die Lehrerin? Über achtzig, aber sie passt ihn ab, wenn er spazieren geht, und macht ihm Avancen.«

Sie strich über die Tischplatte und besah sich den Schmutz an ihren Fingern. Max saß neben ihr, sie zeigte ihm den Schmutz. »Ts …«, machte sie.

Wie immer, wenn sie Gäste erwarteten, hatte Heinrich alle verfügbaren Tische und Stühle in den Garten geschafft und nebeneinander aufgestellt, sodass eine lange, unregelmäßige Tafel entstand, an der manche auf den Esszimmerstühlen saßen, erhöht vor einem niedrigen Gartentisch, andere dagegen tief auf der Gartenbank, wie Kinder, die gerade über die Tischkante schauen konnten. Früher hatte er die Tische vorher sauber gemacht, doch schon länger stellte er sie einfach so hin – mit dem Schmutz aus dem Keller, den Spinnweben aus dem Schuppen und dem Staub aus dem Salon.

Mattis und ich gingen ins Haus und suchten in den Tiefen des Wohnzimmerbüfetts nach Tischdecken. Wir kramten schwere, riesige, weiße Tücher hervor, teils mit Gelbstich, teils ungewaschen und mit alten Brotkrumen und Rotweinflecken zusammengelegt.

»So etwas bringt nur unsere Mutter fertig«, sagte Mattis und schüttelte den Kopf.

Doch zwei Stück von ganz unten waren sauber und unversehrt, wir warfen sie im Garten über die Tische und über all den Schmutz, nur die Liegefalten ließen sich nicht mehr ausstreichen, sie bildeten kleine Hügelketten in Weiß, wie zum Schlittenfahren für Winzlinge. Wir kochten Kaffee und spülten Tassen ab, die verstaubt und teils benutzt in den Schränken standen, viele angeschlagen.

»Seit wann ist Heinrich denn weg?«, fragte Mattis, als alles fertig war.

»Keine Ahnung!«, antwortete meine Mutter. »Du müsstest wissen, dass ich beim Arzt war. Du hast mich schließlich dorthin geschickt.« Sie wandte sich Max zu. »Man wird entmündigt, wenn man alt wird, weißt du? Sie machen mit dir, was sie wollen.«

»Und? Was hat der Arzt gesagt?«, fragte Mattis.

»Ich musste eine Uhr malen.« Sie zwinkerte ihrem Enkel zu. »Ein Spezialist, Max. Vor denen musst du dich in Acht nehmen.«

»Ich weiß«, sagte Max.

Er lächelte. Wieder einmal wurde mir bewusst, wie selten er das tat. Das letzte Mal hatte ich es in der Turnhalle gesehen, nach dem Kampf. Max hatte gewonnen, blutete an der Augenbraue, und sein Trainer rannte ihm jubelnd in die Arme.

Meine Mutter zog ihn jetzt mit sich, sie wollte

ihm sein Zimmer herrichten. Für ihn machte sie so was.

»Müssen wir uns Sorgen machen?«, fragte ich Mattis, als wir allein waren. »Wegen Heinrich?«

»Nein, Mama hat schon recht. Er verquatscht sich immer.«

»Aber er weiß doch, dass wir kommen.«

»Wir können nur warten.« Er stand auf. »Ich sehe nach Lena«, sagte er und ging über die Wiese in Richtung Haus. Das Gras stand ungewöhnlich hoch. Heinrich hatte es lange nicht gemäht.

»Mattis?«

Er drehte sich um. Ganz kurz sah ich noch den Ausdruck auf seinem Gesicht: voller Gram. Dann hatte mein Bruder sich wieder im Griff und setzte sein ewig freundliches Gesicht auf.

»Was war mit Lena los?«

»Nichts Ernstes. Der Zug machte ihr zu schaffen. Die Enge.«

»Denkst du das wirklich?«

Er zuckte mit den Schultern. »Sie spricht nicht mit mir. Vielleicht kann Max …?« Er bückte sich und strich ein Insekt von seiner Hose.

»Ich frage ihn später. Aber er wird nichts verraten. Du kennst das ja.«

»Warum sprechen sie nicht mit uns?«, fragte Mattis.

»Ich weiß es nicht. Wir wären die Letzten, zu denen sie kommen würden. Als wären wir Ungeheuer.«

Mattis blieb noch einen Moment stehen, er tat mir

leid. Seine Kinder wussten nicht, was für ein guter Vater er war. Sie hatten keine Ahnung.

»Kinder sind eine Strafe, findest du nicht?«, sagte ich, und sofort bereute ich es. Max beobachtete uns von der Veranda aus. Ob er mich gehört hatte? Ich versuchte zu lachen, als hätte ich einen Scherz gemacht.

»Ja, aber wofür?«, sagte Mattis und lachte mit. Er nahm die Treppe zur Veranda und verschwand im Haus.

Max saß im Hängesessel, der an einer Feder von der Decke der Veranda hing, stieß sich vom Boden ab und wippte hoch und runter. Die Feder ächzte. Dass die Konstruktion immer noch hielt, wunderte mich. Heinrich hatte das Ding damals fluchend befestigt, nachdem meine Mutter es angeschleppt hatte, kurz nach dem Einzug in die Villa. Sie hatte es gebraucht aus der Wohnung eines alten Bekannten bekommen, und Heinrich mochte sie alle nicht, die alten Bekannten meiner Mutter.

Ich winkte Max zu, er stieß sich erneut kräftig vom Boden ab, der Sessel schnellte mit einem Quietschen der Feder nach oben, und Max hob kurz eine Hand in meine Richtung. Das war ein Zurückwinken.

Ich bin es

Heinrich 2016

Der Brief hatte keinen Absender, keine Briefmarke und keinen Poststempel. Es stand nur *Für Heinrich Schmied* darauf. Jemand musste ihn persönlich eingeworfen haben.

Heinrich wartete. Frieda sollte nichts mitbekommen, sie war ja so neugierig. Sie wollte immer ganz genau wissen, was er tat.

»Heinrich? Alles in Ordnung?«, rief sie vom Erdgeschoss zu ihm hoch. »Was treibst du denn?«

Gar nichts. Er machte gar nichts. Er wollte für sich sein, allein. Er las nicht einmal mehr. Die Kinder hatten ihm ein Tablet geschenkt, ihm die Funktionsweise erklärt und aufgeschrieben, aber er rührte es nicht an. Er hörte auch keine Musik mehr wie früher. Er saß nur in seinem Arbeitszimmer im ersten Stock im alten Drehstuhl vor seinem Schreibtisch und starrte einfach so vor sich hin. Es gab an diesem Schreibtisch nichts mehr zu arbeiten. Er stammte noch von Friedas Vater. Das Zimmer war eigentlich zu klein, aber es hatte diesen Blick auf die Berge, den Heinrich so mochte. In letzter Zeit sah er jedoch kaum mehr hinaus. Er wusste nicht, was mit ihm los war. Es war wohl das Alter. Man verlor nach und nach jede Kraft, jeden Mumm in den Knochen. Er konnte sich kaum mehr auf etwas konzentrieren. Ihm ging nur dieses und jenes durch den Kopf: Charly und wie er sie mit nach Hause gebracht hatte. Sie lag in der Tiefkühltruhe. Der Garten, der gemacht werden musste. Was hatte er sich nicht all die Jahre bemüht um den Garten. Eine Sisyphus-Arbeit. Wie auch das Haus, das doch viel zu groß für Frieda und ihn war. Er konnte sich einfach nicht mehr aufraffen. So war es also, das Älterwerden? Alles wurde immer gleichgültiger? Sogar die Kinder waren ihm zu viel. Sie wollten versorgt sein, wenn sie kamen. Ben war Vegetarier, und Thomas aß keinen Fisch und Sanne keine Zwiebeln. All die Einkäufe, die zu erledigen waren. Er hatte keine Lust mehr auf die Schwätzchen im Supermarkt. Was hatte er auch zu erzählen? Dass ihm der Rücken wehtat?

Hier im Arbeitszimmer im Drehstuhl zu sitzen und allein zu sein, das war ihm das Liebste. Er drehte sich mal in die eine, mal in die andere Richtung, und die Zeit verging. Irgendwann wurde es Frieda zu bunt, und er musste nach unten gehen. Den Brief hatte er versteckt, er lag unten in der Schublade.

Doch dann fuhr seine Frieda nach München zum Spezialisten. Er wusste nicht, ob sie krank war oder ob Mattis bloß übertrieb. Sie kam ihm durchaus manchmal seltsam vor in letzter Zeit. Irgendwie abwesend. Er musste dann an Inge denken, an die

Besuche in der Nervenklinik. Er hatte ihr eine Uhr zum Geburtstag mitgebracht, und sie verschenkte sie an eine andere Verrückte. Einfach so. Ging es nun auch mit Frieda bergab? Würde sie auch in einer Klinik landen? Würde sie ihn verlassen? Eines wusste er: Ohne Frieda würde er garantiert nicht mehr leben wollen. Es neigte sich ja ohnehin dem Ende zu, sein Leben. Zum Glück, dachte er oft, zum Glück.
Der Brief war von Alexander.

Hallo Vater.
Ich bin es. Und? Wie geht es dir? Hast du ein schönes Leben? Ohne mich? Wie bist du denn an dieses Haus gekommen? Eine Jugendstilvilla in Murnau? Eine gute Partie, deine zweite Frau, ja? Du solltest das Dach machen lassen, sonst fliegt es dir beim nächsten Sturm um die Ohren. Ich bin Zimmermann, musst du wissen. Stammst du nicht aus einer Handwerkerfamilie? Schau, ich habe die Tradition fortgesetzt. Ich kann dir einen Dachstuhl für die Ewigkeit bauen.

Heinrich hielt den Brief in der Hand. Es fühlte sich an, als hätte er immer schon auf ihn gewartet. Etwas kam zurück mit diesem Brief. Vielleicht das Leben. Vielleicht ein Sinn in allem. Alexander, ein Handwerker! Heinrich war stolz. Aber sein Sohn hatte Probleme.

Ich bräuchte gerade ein wenig Nachhilfe, Vater. Papa. Soll ich dich Papa nennen? Oder wie? Wie hält man das denn aus ohne seinen Sohn? Wie schafft man das? Das leere Zimmer! Geht man gar nicht mehr rein? Wie geht das? Mein Sohn heißt Benjamin. Seine Mutter ist mit ihm nach Berlin gezogen. Ausgerechnet. Das sind über fünfhundert Kilometer.

Also auch ein Geschiedener. Alexanders Ton gefiel Heinrich nicht. Er war verbittert, sein Sohn. Das war nicht gut für ihn. Er, sein Vater, würde mit ihm reden. Alexander musste jetzt in die Zukunft schauen.

Warum gerade jetzt? Was denkst du? Was will er wohl von dir, dein Sohn? Genau, ich brauche Geld.
Hast du mir nicht geschrieben, ich könnte immer zu dir kommen, wenn ich etwas brauche oder wenn ich in Not bin? Nun ja, damals war ich ein Baby. Erst ein paar Wochen alt. In dem Alter kann man Briefe noch nicht lesen, hast du daran nicht gedacht?

Er brauchte Geld. Das war es also. Warum nicht. War das nicht das Mindeste? Aber wie sollte er es Frieda verheimlichen? Und wollte sein Sohn denn sonst nichts, gar nichts? Dieser Brief – nur eine Bitte um Geld?

Benjamin hat ein Zimmer bei mir. Die meiste Zeit ist es leer.
Ich habe vor Gericht gekämpft, durch alle Instanzen. Es hat ein Gutachten gegeben. Das muss alles bezahlt werden. Ich wurde als erziehungsfähig eingestuft, genau wie sie. Sie

durfte trotzdem wegziehen und das Kind mitnehmen. Sie hat einen neuen Freund und wohnt im Wedding, stell dir das einmal vor. Wie soll Benjamin zurechtkommen in Berlin, im Wedding, in der Schule? Geht es nicht furchtbar zu dort? Was meinst du, mache ich mir zu viele Sorgen? Ach, das kannst du ja nicht wissen. Entschuldige bitte.
Ich fahre hin, sooft es geht. Oder er kommt. Wir verbringen seitdem viel Zeit in Zügen und Flugzeugen. Und das kann ich mir nicht länger leisten. Ich muss Unterhalt bezahlen. Die Fahrten werden mir nicht angerechnet. Die Scheidung läuft und kostet. Ich habe Schulden. Also, es ist so weit: Ich bin in Not. Ich brauche Geld. Zwanzigtausend etwa. Nichts weiter. Weißt du, all das, was ich sonst noch von dir gebraucht hätte, ist schlecht geworden und verdorben. Ich habe es längst in den Ausguss geschüttet. Es hat gestunken. Aber Geld stinkt nicht. Nie.

Dein Alexander

IBAN: DE35760987524

Teufelchen

Heinrich 1973

Eine Hebamme zeigte ihm alles Wichtige an einer Puppe. Heinrich badete sie, wickelte sie, schob die Puppenfüße vorsichtig in den Strampler, die Puppenarme durch die Ärmel des Hemdchens, nicht zu sehr drücken, geduldig vorgehen. Er bereitete Fläschchen zu, überprüfte die Temperatur an seinen Lippen und reinigte die Flaschenschnuller in einem Desinfektionsbad. Die Mütter in ihren Nachthemden und Bademänteln schauten zu ihm herüber, sie redeten über ihn, machten sich lustig.

»Was glotzt ihr denn so?«, hätte er sie am liebsten angeschnauzt. »Ich muss mich doch um meinen Sohn kümmern!«

Aber er wandte sich wieder der Puppe zu, er musste sich konzentrieren, es richtig machen.

Die Hebamme brachte ihm schließlich das echte Kind, Alexander. Die Puppe war so robust gewesen gegen ihn. Er war klein und erschreckend zart, man konnte ihm ganz leicht die dünnen Knochen brechen oder die Haut verletzen. Und dann diese weiche Mulde oben am Köpfchen, keine schützende

Schädeldecke, nein, ein Loch, eine gefährliche Lücke, die sich erst mit der Zeit schließen würde. Er, Heinrich, musste noch besser aufpassen und durfte auf keinen Fall die Gelenke überdehnen. Er musste stets das Köpfchen halten, sonst kippte es nach hinten ab, auch das war gefährlich, die kleine Wirbelsäule hielt noch nichts aus. Das ganze Kind hielt noch nichts aus. Heinrich übte alles noch einmal. Wickeln, baden, anziehen. Und er gab seinem Sohn, seinem Erstgeborenen, zum ersten Mal die Flasche. Er war hungrig und trank gierig.

»Sie stellen sich gar nicht so dumm an, Herr Schmied«, meinte die Hebamme.

Er war froh. Alles klappte. Er würde Alexander nach Hause holen und versorgen, bis Inge wieder auf den Beinen war. Es war gar nicht so schwer. Er hatte alles besorgt, auch eine Tragetasche. Er legte das Kind hinein und brachte es nach draußen zum Parkplatz. Endlich ging es nach Hause. Sie beide würden schon durchhalten, Alexander und er. Es war doch nur für ein paar Tage.

Doch schon im Auto fing es an. Das Weinen. Heinrich stand an einer Ampel. Erst war es ein Keckern, hinten auf dem Rücksitz in der Tragetasche, aber dann steigerte es sich, und Alexander weinte. Heinrich fuhr wieder an, bog ab, stand an der nächsten Ampel, er hatte die Hauptstraße genommen, wie dumm von ihm, und das Kind weinte. Er trug ein weinendes Kind zum Hauseingang, stieg die Treppen nach oben, brachte es in die Wohnung, es weinte und weinte. Es war noch nicht Zeit für die nächste Flasche. Genau alle vier Stunden. Man durfte es nicht verwöhnen. Hatte es die Hosen voll? Manchmal bekamen sie Bauchweh, hatte die Hebamme gesagt. Und er sollte es ruhig auch einmal schreien lassen. Das machte nichts. Aber wie sollte er das fertigbringen? Das hielt man ja nicht aus, das Geschrei.

»Komm erst einmal heraus da, dann wirst du dich schon beruhigen.«

Er holte das Kind aus der Tragetasche, es war ganz verschwitzt und nassgeweint. Er zog ihm vorsichtig die warme Jacke aus, sah in der Windel nach, sie war noch trocken, und stand schließlich mit dem weinenden Kind im Kinderzimmer. Er trug es ein paar Schritte hin und her, wiegte es, aber es weinte weiter, immer weiter. Es musste bald müde werden, es würde bald einschlafen, Säuglinge schliefen doch die meiste Zeit!

Er legte es in das Gitterbettchen und ging hinaus, die Sachen für die Fläschchen in die Küche bringen. Doch dem Weinen war nicht zu entkommen, es steigerte sich, schwoll an, bald war es ein Schreien und Kreischen. Heinrich eilte zurück, nicht dass etwas nicht stimmte, nicht dass es krank war, sein Kind. Es schrie, es ruderte mit den Ärmchen, es musste schon ganz erschöpft sein, doch es hörte und hörte nicht auf.

Man durfte es nicht verwöhnen. Ruhig auch einmal schreien lassen, das machte nichts. Aber er konnte das nicht, er brachte das nicht fertig, er hielt es nicht aus, er schwitzte schon wie das Kind, sein Herz schlug immer schneller, und er tat, was er bestimmt nicht tun sollte, er nahm es wieder heraus, drückte es an sich, doch es wehrte sich, schrie immer lauter, immer kreischender, der Kopf fiel zur Seite, aber schreien konnte dieser Kopf noch immer.

»Jetzt ist aber mal Schluss, Freundchen!«, rief Heinrich. Er ließ sich doch nicht auf der Nase herumtanzen! Das durfte man nicht durchgehen lassen!

Er legte das Kind zurück in das Bettchen und ging hinaus. Er machte die Tür hinter sich zu. In der Küche stellte er das Radio an und drehte es laut auf. Jetzt endlich war Alexander nicht mehr zu hören, sein Sohn, ein Sturkopf, ein Wutnickel wie er, Heinrich, sein Vater. *Na warte! Wirst dich schon beruhigen, wenn du merkst, dass du nicht damit durchkommst!*

Heinrich aß ein Brot, trank eine Tasse Tee dazu. Im Radio lief Musik, laut, er nahm sie gar nicht wahr, trotz des Lärms. Was, wenn es so weiterging? Wenn es doch nicht klappte? Er wusste doch nichts über Kinder, über Säuglinge. Er hatte sich auf Inge verlassen. Und wo war sie jetzt? Kümmerte sich nicht um ihr Kind und ließ ihn hier sitzen mit allem. In zwei Wochen fing seine Arbeit wieder an. Und dann?

Er starrte auf die Plastiktischdecke mit den bunten Blüten. Inge hatte sie ausgesucht. Er saß nur da, wartete, irgendwann würde er das Radio wieder leiser machen und nach Alexander sehen. Die Zeit verging. Er wollte es nicht zu früh versuchen. Er wollte das Schreien nicht mehr hören. Er wollte das Kind nicht verwöhnen. Seinen Sohn. Nur nicht gleich herausnehmen, hatte die Hebamme gesagt. Das hatte er sich gemerkt.

Schon wieder kamen Nachrichten. Heinrich zögerte. Er hatte Angst. In seinem Bauch ein Ziehen. Das Radio ohrenbetäubend. Jetzt musste es lange genug sein, jetzt wollte er es versuchen. Der kleine Sturkopf war bestimmt eingeschlafen.

Heinrich stand auf, er war steif vom langen Sitzen. Er stellte das Radio leise, doch er hatte sich getäuscht – das Kind schrie noch immer. Er ging hinüber ins Kinderzimmer, ganz langsam, er wünschte, der Weg wäre weit, noch weiter. Alexander lag im Bettchen, das ganze Kind nur noch ein Schreien, das Gesichtchen rot angelaufen, fast blau, nass von Tränen. Heinrich hob das Kind heraus, auch der Strampler nass, der Junge stemmte sich gegen die Umarmung, schrie und schrie, vielleicht war er doch schon wieder hungrig? Alle vier Stunden, hatte die Hebamme gesagt, auf keinen Fall öfter. Aber wenn sein Sohn doch Hunger hatte? Er musste doch wachsen. Und wie konnte man alles richtig machen, es ging nicht, man konnte nur alles falsch machen, es war nicht zu schaffen, und für ihn, einen Mann, schon gar nicht.

Es war ihm jetzt egal. Er machte ein Fläschchen, genau nach Anleitung. Er beeilte sich. Er überprüfte die Temperatur, die Milch war noch zu heiß. Er wartete. Dann setzte er sich mit dem Kind aufs Sofa ins Wohnzimmer, möglichst bequem, und bot ihm die

Flasche an. Gleich würde Ruhe sein. Doch das Kind weigerte sich. Es wollte nicht trinken. Warum nicht? Es drehte den Kopf zur Seite, damit der Flaschenschnuller nicht an den Mund gelangen konnte, und wenn doch, dann presste es die Lippen zusammen und wand sich unter ihm, wieder und wieder.

Was war los mit diesem Kind? War es ein Tyrann? Ja! Es wollte über ihn, Heinrich, seinen Vater, bestimmen! Das also hatte die Mutter gemeint, als sie zur Großmutter sagte: »Schlag ihn nur. Das ist ein übler Sturkopf, dem darfst du nichts durchgehen lassen.« Sie hatte recht gehabt.

Heinrich packte das Kind und hielt es von sich weg. Es kämpfte mit ihm. Der zahnlose Mund im Schreien aufgesperrt. Es schrie ihn an. Das durfte er sich nicht gefallen lassen. Am liebsten hätte er es hingeworfen, das Kind. In die Sofakissen.

»Sei still!«, brüllte er nur, doch das machte ihm nichts, es schrie einfach weiter, ein Teufelchen, er hob es hoch, es verschluckte sich im Schreien, hörte kurz auf zu atmen, hustete, holte dann tief Luft und schrie weiter. Alexander wollte gewinnen, er würde noch verrückt werden wie Inge oder ersticken am eigenen Zorn, ein Wutnickel, ein Sturkopf, schlag ihn nur, wenn es notwendig ist.

Heinrich ging hinaus. Er atmete schwer, sein Herz schlug wie wild. Seine Hände waren zu Fäusten geballt.

Er musste Inges Mutter anrufen. Sie sollte Alexander zu sich nehmen. Sie hatten ihm nichts gesagt von den Erbkrankheiten, sollten sie doch die Suppe auslöffeln. Er ließ nicht alles mit sich machen, das würden sie noch zu spüren bekommen.

Er ließ es lange läuten, aber niemand ging ran. Vom Sofa war nur mehr ein Weinen zu hören, ein Wimmern. Heinrich sah zu dem Kind hin. Es machte ein Geräusch wie ein Schluchzen. Die kleinen Schultern bebten. Es war doch noch ein Säugling, gerade erst auf die Welt gekommen. Man durfte nicht zu streng sein. Er würde es noch einmal mit dem Fläschchen probieren. Die Milch war noch warm. Er bewegte den Flaschenschnuller an den Lippen des Kindes entlang, er steckte ihn in die rosafarbene Öffnung, und da, endlich schloss sich Alexanders Mund, und er fing an zu saugen.

Stille. Nur Schlucken und ein leises Schmatzen. Der Junge trank. Er saugte kräftig. Und alles andere an diesem kleinen Körper kam zur Ruhe, ließ los, die Beinchen hingen herab, die Arme. Die winzigen Augenlider waren fast durchsichtig, die vielen schwarzen Haare standen feucht ab.

Auch Heinrich wurde ruhig. Er schnaufte durch. Er achtete darauf, die Flasche im richtigen Winkel zu halten.

Und wenn es doch zu schaffen war? Vielleicht mussten sie sich nur aneinander gewöhnen, sein Sohn und er. Vielleicht war nur der Beginn des Weges steinig.

Eine kleine Hand griff in sein Hemd, hielt sich am Stoff fest und ließ nicht mehr los. Heinrich schaute auf die kleine Faust. Die Fingerchen hatten bereits winzige Fingernägel. Zum zweiten Mal an diesem Tag kamen Heinrich die Tränen. Was war nur los mit ihm?

»Deine Mutter«, sagte er zu seinem Jungen, »die hast du schon verrückt gemacht. Und nun? Bin ich der Nächste, ja?«

Das blaue Land

Heinrich 2016

»Ich bin es, Heinrich, dein Vater.«

»Hallo, Vater.«

»Ich habe dir das Geld überwiesen.«

»Gut.«

Schweigen. Heinrich hatte sich alles zurechtgelegt, aber jetzt wusste er nicht, was er sagen sollte. Alexander war so abweisend. Und so fremd. Ein fremder Mann. Er sagte nichts. Er wartete. Der fremde Mann wartete darauf, dass seinem Vater etwas einfiel. Dass er etwas vorbrachte zu seiner Verteidigung.

»Und?«, fragte Alexander.

»Weißt du …«, begann Heinrich. Er holte Luft. Er bewegte die Lippen. Es musste doch möglich sein, etwas zu sagen, doch die Worte blieben irgendwo hängen. Sie kamen nicht heraus. Heinrich stand mit dem neuen Telefon in der Diele. Ein schnurloses, die Kinder hatten es ihm geschenkt. Er konnte sich nicht daran gewöhnen, noch immer stellte er sich zum Telefonieren in die zugige Diele, wo nie geheizt wurde. Es roch modrig. Vielleicht war es der Teppich. Heinrich sah auf den Boden. Da standen

Friedas Hausschuhe. Sie war in München beim Arzt. Ein Spezialist. Mattis hatte ihr den Termin gemacht. Sie vergaß so viel in letzter Zeit. Er jedoch, Heinrich, wusste alles noch ganz genau. Alexander. Sein Sohn. Vielleicht war ja doch noch etwas möglich. Waren sie nicht ein Fleisch und Blut? Hatten sie nicht Ähnlichkeit in der Stimme? Ein Zimmermann war er, der Alexander Schmied! Heinrich war stolz. Ein Handwerker. Aber was sollte er Frieda sagen? Wie sollte er es erklären, dass er ihr Alexander verheimlicht hatte, all die Jahre? Er würde ihr einfach alles beichten. Nur heraus damit. Schluss mit den Lügen. Auch die Kinder sollten es erfahren, schließlich kamen sie am Wochenende, alle drei, eine gute Gelegenheit. Sie würden ihn schon nicht verurteilen. Oder doch? Wie würden sie es aufnehmen? Hatten sie ihm nicht immer alles verziehen? Wirklich alles?

Er würde Alexander einladen und allen vorstellen. Gleich Nägel mit Köpfen machen. Wenn schon, denn schon. Sie würden sich anfreunden. Ja, bestimmt. Aber wie sollte er es sagen?

Alexander, ich lade dich hiermit zu unserer Familienzusammenkunft ein, sie findet am kommenden Wochenende anlässlich der Beerdigung unserer Schildkröte statt.

Nein.

Alexander, komm doch am Wochenende vorbei, du kannst meine Familie kennenlernen. Oder fährst du zu deinem Sohn nach Berlin?

»Wegen mir kannst du verrecken«, sagte Alexander plötzlich und legte auf.

Heinrich stellte das Telefon zurück auf die Aufladestation und ging ins Wohnzimmer. Der Salon, wie Frieda es immer nannte. Seine Frieda stammte aus gutem Hause. Eigentlich passten sie gar nicht zusammen, sie beide. Aber in der Not hatten sie sich gefunden und einander festgehalten. Er hatte ihr damals die Stromrechnung bezahlt. Etwas über siebzig Mark. Das war doch kein Geld. Sie war so glücklich gewesen.

Er dachte an die erste Verabredung mit ihr zurück. Sie waren an der Isar gewesen und dann noch im Café Annas, sie wollten beide nicht nach Hause, dort wartete ja niemand – Friedas Kinder waren bei den Großeltern, hier in diesem Haus, in Murnau.

An dem Abend küsste er sie. Im Dunkeln, im Hofgarten auf einer Bank. War das romantisch! Auch die anderen Bänke waren mit jungen Paaren besetzt, die nicht wussten wohin und sich in den Armen lagen. Doch Frieda und er, sie waren nicht mehr jung, sie wählten einander mit Bedacht.

Und wie seine Mutter wetterte! Eine mit so vielen Kindern, um Himmels willen! Aber die Mutter hatte ja noch nie gewusst, was gut für ihn war. Er hörte nicht auf sie. Auch Frieda hörte nicht auf ihre Mutter. Ein Geschiedener! Erst ein Künstler und dann ein Geschiedener! Sie gingen oft an der Isar spazieren, Frieda und er, draußen in Grünwald an ihrem geheimen Plätzchen, und sie erzählten einander von ihren Müttern. Sie lachten über sie, plötzlich hatten sie gar keine Macht mehr, diese Mütter, das war schon seltsam. All das Unglück fiel von ihnen beiden ab, die Krebsstationen und Karls Tod, die Nervenklinik und Ingrids Krankheit.

»Lassen Sie sich scheiden«, hatte der Professor unumwunden zu Heinrich gesagt.

Warum nur hatte er es nie übers Herz gebracht, Frieda von seinem Sohn zu erzählen? Sie hätte es doch verstanden. Ganz bestimmt. Vielleicht hätten sie Alexander zu sich nehmen können. Zumindest in den Ferien.

Heinrich nahm den Ordner mit den wichtigen Papieren aus der Kommode und legte ihn auf den Tisch neben Friedas Zeitschriften. So würde sie alles Wichtige finden, sie sollte nicht mehr Mühe haben als notwendig. Sie vergaß ja so viel in letzter Zeit. Auch ihn, ihren Mann, würde sie bald vergessen, und das war gut so. Hatte sie nicht selbst gesagt, das sei ihr gutes Recht, gaga zu werden? Die Kinder kamen am Wochenende und würden ihr helfen. Sie war nicht allein. So viele Menschen liebten sie.

Zuerst hatte er sich über Alexanders Brief gefreut. Ein Lebenszeichen! Wie dumm das gewesen war. Alexander würde ihm nicht verzeihen, niemals, das Geld änderte nichts daran. Heinrich hatte dreißigtausend Euro überwiesen, das tat ihm nicht weh. Es war das Konto für das Haus. Sie ließen das Dach ja doch nicht mehr machen. Die Kinder würden die Villa irgendwann verkaufen und ein Vermögen damit machen. Frieda konnte vielleicht zu Mattis ziehen, er hatte ein großes Haus, und sein Ältester, Ben wohnte schon nicht mehr daheim. Auch Nele würde ihre Mutter bestimmt aufnehmen, Max war schon achtzehn und wurde sicher auch bald flügge. Alle würden es in Zukunft leichter haben. Sie waren versorgt. Auch die dreißigtausend für Alexander waren gut angelegt. Er konnte seinen Sohn sehen und hatte keine Schulden mehr. Alles war geregelt.

Damals mit Frieda an der Isar, da hatte er noch geglaubt, das Schicksal ließe sich umkehren, sogar Deutschland hatte doch das Steuer noch einmal herumgerissen. Aus dem Nazistaat war eine Demokratie geworden, und aus den Kriegstreibern und Eiferern anständige, fleißige Leute, sie hatten ja von allem nichts gewusst und hatten selbst so gelitten, ja, eigentlich hatten sie die größeren Opfer gebracht. Alles Lüge! Ein Nazi blieb ein Nazi, und ein Zigeuner mit rabenschwarzem Haar blieb immer nur ein Zigeuner, und ein Bauernjunge blieb ein Bauernjunge, und einer, der Schläge kriegte, der gab die Schläge weiter. So einfach war das, das ließ sich nicht umkehren. Das Leben von Heinrich Schmied, Sohn eines Glasermeisters, dieses Leben war vorherbestimmt, es gab kein Entkommen, man konnte nicht einfach alles anders machen und die Prügel vergessen und die Wut und die Mutter, die nie da war. Und wenn doch, dann schlug sie mit allem, was in Reichweite war, ob es der Gürtel war oder der Teppichklopfer oder ein Kochlöffel; doch Kochlöffel gingen schnell kaputt, das merkte sie bald und nahm den Besenstiel oder die Schöpfkelle. Sie schlug, bis ihm das Blut herunterfloss. Anschließend steckte sie ihn in die Badewanne und verbrühte ihm mit kochend heißem Wasser seinen Rücken.

Niemand konnte aus seiner Haut, und er, Heinrich, schon gar nicht. Diese Wut verschwand einfach nicht aus seinem Leben. Das Baby, es hatte geschrien und geschrien, es wollte einfach nicht trinken, erst in letzter Sekunde hatte er an sich gehalten. Ein Baby! Und Friedas Kinder. Hatte sie nicht gesagt: »Überleg dir, ob du das schaffst, Heinrich«? Er hatte Mattis mit der Faust ins Gesicht geschlagen, mit der Faust, am ersten Tag! Nein, er schaffte es nicht, obwohl er es sich so ernsthaft vorgenommen hatte. Die kleine Nele, wie sie weinte, immer stand sie stumm da und weinte. Sie tat ihm so leid. Und Karen, das störrische Kind, immer wusste sie es besser und maulte herum; er hatte sie im Zorn gepackt und geschubst, so grob hingeschubst, dass ihr Arm gebrochen war. Nur weil sie frech gewesen war. Immer die Wut. Er kannte sich selbst nicht mehr, wenn er zornig war.

Nun stellte er seine Hausschuhe neben die von Frieda und zog sich die Jacke an. Es war nur ein kurzer Fußweg zum Bahnhof. Heinrich studierte die Fahrpläne. Er wartete. Er stieg in die Regionalbahn in Richtung München und sah aus dem Fenster. Das blaue Land. Eine herrliche Gegend. Nur der Nebel mochte sich oft wochenlang nicht auflösen und lag schwer über den Wiesen, den Dörfern, er kroch bis in den Garten der Villa. Sah man aus dem Fenster, war es oft, als blickte man auf ein Gemälde, das ein trauriger Maler, Friedas Karl vielleicht, mit düsteren Farben auf eine Leinwand gepinselt hatte.

Früher war Heinrich oft mit Mattis ins Moos gegangen, und es gab immer einen kleinen Wettstreit zwischen ihnen, wer zuerst einen seltenen Vogel entdeckte oder wer besser die vielen Arten unterscheiden konnte. Mattis war so ein aufgeweckter Junge, auf alles neugierig, er lauschte stets aufmerksam Heinrichs Erklärungen und sog alles Wissen in sich auf. Warum gab es Gewitter? Warum zogen manche Vögel im Herbst in den Süden, während andere blieben? Wie entstanden Hagelkörner, mitten im Sommer? Warum waren manche Menschen böse und andere nicht? Kein Wunder, dass Mattis es zum Doktor gebracht hatte. Und jetzt? Jetzt lebte er im Keller seines eigenen Hauses und war auch noch stolz auf seine vielen Sorten Whiskey und seinen Kühlschrank voller Bierflaschen. Das Schicksal ließ sich nicht umkehren, das Unglück pflanzte sich immer weiter fort, wie das Unkraut im Garten, es ließ sich nicht ausmerzen. Alles Jäten war sinnlos, am nächsten Tag triumphierte ja doch wieder eine neue Art Hässlichkeit über die schönen Rosen, die Johannisbeersträucher, das Gemüsebeet und den weichen, jungen, grünen Rasen. Auch Alexander lebte in Scheidung. Sie brachten es alle nicht fertig, ein geordnetes, normales, glückliches Leben.

Wegen mir kannst du verrecken.

Er stieg in München aus, nahm die S-Bahn und wanderte schließlich über eine Stunde lang zu der

Stelle, die er ausgekundschaftet hatte. Die Gleise verliefen einen Graben entlang, links und rechts kilometerweit Böschungen, die mit Sträuchern bewachsen waren. Es war ein Leichtes, hinaufzuklettern, sich etwas unterhalb der Kuppe versteckt zu halten und im richtigen Augenblick hinunterzuspringen. Der Zugführer würde Heinrich nicht rechtzeitig bemerken. Es war eine sichere Stelle. Die Polizei kümmerte sich in solchen Fällen darum, dass die Angehörigen die Überreste nicht zu sehen bekamen. Ein Notfallseelsorger würde anwesend sein. Am Abend kamen die Kinder, sie konnten Frieda beistehen.

Heinrich fühlte sich leer. Keine Schuld mehr, keine Anklagen, keine Geheimnisse, keine Wut. Er spürte nichts. Nur sein Herz trommelte unaufhörlich gegen seinen Brustkorb. In den Ohren ein Rauschen. Endlich war es vorbei mit den Schlägen, so wie er es sich immer gewünscht hatte. Schon als Kind. Was zählte, war nicht der körperliche Schmerz. Es war der Schmerz an der Seele, der nicht mehr verging. Ein Leben lang nicht. Und er, Heinrich, hatte alles weitergegeben, alles im Ganzen weitergereicht, nicht einen Deut weniger. Nichts war ihm gelungen. Sein eigener Sohn hatte es ausgesprochen.

Wegen mir kannst du verrecken.

Hunde sollen keine Schokolade essen

Nele 2016

Wir gingen los, um Heinrich zu suchen, Karen und ich. Unsere Mutter sollte sich nicht über ihn ärgern, denn sie war nicht zimperlich darin, ihn zurechtzuweisen, und er ließ sich das manchmal gefallen, manchmal aber auch nicht. Und dann kippte schnell die Stimmung.

»Wie beflissen wir nach wie vor sind, die beiden bei Laune zu halten«, meinte Karen.

»Heinrich ist komisch. Er hat gar keine Launen mehr.«

»Heinrich ist immer komisch. Er hat eben zwei Gesichter.«

»Trotzdem. Es ist seltsam.«

Wir liefen die Straßen der Nachbarschaft ab. Heinrich stand oft an den Zäunen zu den Grundstücken, um ein Schwätzchen zu halten, aber er war nirgends zu finden. Also machten wir uns auf den Weg ins Moos. Dort ging er oft lange spazieren, traf die Fahrradfahrer und Hundebesitzer aus dem Städtchen und plauderte mit ihnen. Jeder kannte und mochte ihn.

Ich war lange nicht mehr im Moos gewesen. Wir passierten den Wanderparkplatz, die Landschaft öffnete sich. Eine grüne Ebene, dahinter Berge. Heinrich war nirgends zu sehen. Die Steinchen auf dem Weg machten Lärm unter unseren Schuhen. Ratsch, knirsch, ratsch, knirsch. Eine ganze Weile nur dieses Geräusch. Dann blieben wir stehen, Karen und ich, und sofort war es still. Wir sahen zu den Bergen, an denen sich die Wolken wieder einmal festgekrallt hatten; dunkel hingen sie an den Gipfeln und rührten sich nicht mehr vom Fleck. Windstille. Das Wetter konnte jeden Moment umschlagen. Wir standen da, schauten über das grüne, flache, feuchte Moos, und nach einer Weile wich die Stille. Denn hörte man genau hin, war das Moos laut. Insekten, Vögel, der Bach direkt hinter uns. Es hatte eine Woche lang jeden Abend gewittert, die Wiesen, die Böden, der Bach waren vollgelaufen, überall Nässe und ein Gluckern.

»Arme Charly«, sagte Karen. »Sie ist im Keller gestorben, ganz allein.«

»Sie ist einfach nicht mehr aufgewacht. Der Herzschlag wird im Winterschlaf ganz langsam. Ein schöner Tod, oder nicht?«

»Ich mag mir nicht vorstellen, dass sie nicht mehr mit ihrer Prothese durch das Gehege rollert.«

»Ich auch nicht.«

Ich dachte an den Tag, als Charly zu uns gekommen war, und Karen tat mir leid. Immer tat sie mir so furchtbar leid. Ich dachte an ihren blauen Arm. Ich konnte mir nicht vorstellen, dass sie glücklich war. Vielleicht war das anmaßend von mir. Aber war sie nicht ganz allein? Sie lebte in einer Hütte, praktisch mitten im Wald. War sie etwa nicht einsam? War sie nicht traurig, ohne Kinder, ohne Familie?

Die Wolken taten sich zusammen, wurden größer und dunkler.

»Charly war so tapfer«, sagte ich, »mit ihrer Rolle. Als hätte sie sich nie anders fortbewegt. Manchmal träume ich noch immer, dass ihr etwas passiert.«

»Ich weiß, ich war dir eine schreckliche Schwester.«

»Nein. So hab ich das nicht gemeint.«

»Doch, ich hab dich immer nur gequält, und ich weiß nicht einmal, warum.«

Ich nahm sie bei den Schultern und drehte sie zu mir um. »Das stimmt nicht, Karen.«

Sie lächelte, als wäre ich mal wieder schwer von Begriff. Sie hielt sich immer für schlauer. Aber ich war nicht mehr ihre kleine Schwester. Ich verstand sie genau, und sie war im Unrecht.

»Weißt du nicht mehr, das Kartoffelfeuer?«, fragte ich und ließ sie los. »Ich hatte meine Tage bekommen, mitten auf dem Feld. Es war mir furchtbar peinlich, und du hast mir geholfen.«

»Ach ja, das Kartoffelfeuer. Das hatte ich ganz vergessen. Sie haben gesungen, oder nicht?«

»Du hast mir so oft geholfen.«

»Nein, Nele. Ich habe oft hässliche Sachen gesagt. Sehr oft. Du hast mich so genervt!«

Wir gingen weiter. Das Knirschen unter unseren Schuhen. Hinter uns der Bach. Das Grün der Ebene. Kein Heinrich weit und breit.

»Wo ist er bloß abgeblieben?«, fragte Karen sich laut. »Mama wird wieder giften.«

»Oh ja, das kann sie.«

»Ich auch«, sagte Karen.

»Oh ja, du auch!«

Wir lachten.

»Weißt du noch, als Papa gestorben ist?«, sagte ich. »Als wir noch in der kleinen Wohnung waren, weil Mama nicht zurück nach Murnau wollte? Ich bin jede Nacht zu dir ins Bett gekrochen. Jede Nacht. Ich brachte meine Decke mit, und du bist an die Wand gerutscht und hast mich neben dich gelassen. Ich konnte nicht schlafen, und wenn alles ruhig war, bin ich zu dir rübergewandert, in dein ein Meter breites Bett. Ich wusste, dass du mich nicht wegschickst. Ich wusste es. Meistens bist du gar nicht richtig wach geworden, aber du hast mir Platz gemacht, du lagst an die Wand gequetscht und ich am Rand, und ich habe es geschafft, kein einziges Mal herunterzufallen. Das ging fast zwei Jahre so, weißt du noch? Bis wir mit Heinrich in die Villa gezogen sind, weil Oma tot war und Opa im Altersheim.«

»Doch, ich bin wach geworden. Du warst eben eine Nervensäge.«

Ich rempelte sie scherzhaft an. »Trotzdem. Du warst eine gute Schwester. Du hast mich gerettet.«

»Pfft … Hast du mir deshalb alles verziehen? Weil

ich dich in mein Bett gelassen habe? Ich habe mich immer gewundert, wie wenig nachtragend du bist.«

»Ja, das ist eine Schwäche von mir.«

Wir erreichten den Bohlenweg, er war so schmal, dass wir hintereinander gehen mussten. Unsere Schritte klangen hohl auf den Planken. Die kleinen Blätter der Birken säuselten dazu im wieder aufkommenden Wind. Ein Vogel flog auf, wir hatten ihn erschreckt. Es war ein Karmingimpel, ich erkannte ihn an der feuerroten Haube auf dem Köpfchen. Heinrich hatte uns die Vögel im Moos gezeigt und uns die Namen mitsamt ihren besonderen Merkmalen beigebracht. Von ihm wusste ich auch, dass der Karmingimpel den Winter in Indien verbringt. Das war für mich fast unvorstellbar gewesen: unser Vogel im Moos – in Wahrheit ein Inder! Ich kannte Indien nur aus dem Film, *Der Tiger von Eschnapur*, und ich war mir sicher, ich hätte mir als Vogel ein anderes Winterquartier gesucht.

Wir liefen eine Weile still vor uns hin. Als wir wieder festen Boden erreichten, machten wir einen Schwenk und waren bald wieder auf dem Weg nach Hause. Von Heinrich keine Spur. Vielleicht hatte er noch etwas eingekauft und war im Supermarkt hängen geblieben. Wenn nichts los war, kam er mit der Metzgerin und mit der Kassiererin ins Gespräch. Sein Charme wirkte eben noch immer.

Die Wolken in den Bergen grollten, als wir wieder am Wanderparkplatz ankamen. Da stand ein Wohnmobil, zwei Männer saßen barfuß in Campingstühlen davor, Bierdosen in der Hand, die Wanderschuhe zum Auslüften in die Sonne gestellt. Wir nickten grüßend, einer von ihnen rief uns zu: »Wir hätten noch zwei Dosen Bier im Kühlschrank, was haltet ihr von einer Pause?«

Er sah gut aus, sein Freund ebenso. Einer für Karen, einer für mich? Konnten wir nicht beide mal wieder einen Flirt gebrauchen? So ganz unverbindlich?

»Nichts!«, rief Karen, ohne zu lachen.

»Schade«, sagte der Mann.

Ich folgte Karen, die einen Zahn zulegte.

»Renn doch nicht so«, sagte ich.

Wir bogen vom Parkplatz auf die Straße ein, und Karen fuhr plötzlich zusammen. Sie packte meinen Arm, ein Reflex, sodass auch ich erschrak.

»Was?«, rief ich.

»Da!« Karen ließ mich los und deutete auf etwas im Gras neben der Straße.

Es waren zwei Augen und ein Kopf. Mit einer Schnauze und einer Zunge und Zähnen. Die Augen sahen uns an. Drumherum sandfarbenes Fell.

»Ein Fuchs«, sagte ich und packte Karen mit einer Hand, mit der anderen machte ich eine Kralle. »Wuaaah!«, rief ich. »Der Fuchs des Todes!«

Sie lachte.

»Das ist kein Fuchs«, meinte sie dann.

Wir spähten beide ins Gras. Das Tier ging nicht weg, sondern musterte uns.

»Das ist ein Hund«, sagte Karen leise und streckte die Hand aus. »Komm her, kleiner Hund.«

»Er ist nicht klein, er ist groß. Er könnte dich beißen.«

Sie holte ein angegessenes Snickers aus ihrem Rucksack.

»Hunde sollen keine Schokolade essen«, sagte ich.

»Ich hab nichts anderes.«

Der Hund streckte seine Schnauze vor und machte sich dabei sehr lang. Er wollte nichts riskieren, aber trotzdem das Snickers haben. Die dunkle Nase zitterte.

»Hey, kleiner Hund«, sagte Karen und streckte ihm die Hand mit dem Snickers hin.

»Er könnte Tollwut haben.«

Karen beachtete mich nicht. Der Hund setzte sich ganz langsam in Bewegung. Eine Pfote erschien auf dem Weg. Eine zweite. Und dann kam der ganze Hund aus der Deckung heraus. Ich konnte jede einzelne seiner Rippen sehen. Das kurze Fell war struppig und fahl, an manchen Stellen fehlte es, und ein Ausschlag kam zum Vorschein, blutig gekratzt. Der Hund stakste über den Weg, zitternd, den haarlosen Schwanz zwischen die Hinterbeine geklemmt. Er wich zurück, kam wieder ein Stück näher.

»Hab keine Angst«, sagte Karen.

Er fixierte das Snickers. Bernsteinfarbene Augen, traurig und weise, dieser Hund wusste Bescheid. An seinen Lefzen hingen zahllose Zecken, eine neben der anderen, Zunge und Zahnfleisch waren fast weiß. Sie saugten ihn aus, die Zecken.

Der Hund streckte jetzt seinen Kopf vor und nahm

unglaublich zart und vorsichtig das Snickers zwischen seine Zähne. Als er es hatte, ging er sofort ein paar Schritte zurück und vertilgte es im Bruchteil einer Sekunde. Dann sah er uns wieder an. Er setzte sich hin. Er würde ewig warten, so schien es, auf das nächste Snickers, die nächste gute Tat.

»Wir wollten immer einen Hund«, erinnerte ich mich. »Und haben nur Charly bekommen.«

»Charly war ein guter Ersatz.«

Oben am Berg meldeten sich die Wolken mit ihrem Grollen. »Das Gewitter rückt näher«, sagte ich. »Wollen wir nicht zurück?«

»Das Gewitter ist weit weg.« Karen sprach zu dem Hund, nicht zu mir.

»Kannst du dich an Vorwärts erinnern?«, fragte ich.

»Natürlich! Er hat doch Charlys Bein abgerissen.«

»Seine Besitzerin hat ihn ins Tierheim gebracht und sich einen anderen geholt. Einfach so.«

»Er war nicht zu bändigen. Als Nächstes hätte er ein Kind gebissen.«

»Nein, Karen. Das hätte er niemals.«

»Doch.«

»Dann sage ich, dass dieser Hund dich auch beißen wird.«

»Niemals!«

Sie lachte. Wir lachten zusammen. Als wäre das sein Signal gewesen, kam der Hund näher. Bis Karen ihn an der Brust kraulen konnte. Er hielt ganz still.

»Nimm ihn mit«, sagte ich.

Der Hund schaute verständig vor sich hin. Er wusste, dass es nicht ging. Dass Karen arbeiten musste und keine Zeit für ihn hatte.

»Kannst du ihn nicht mit ins Büro nehmen? Oder du lässt ihn im Garten, und er passt auf deine Hütte auf.«

»Haus – es ist ein Haus, Nele.«

»Und das Haus hat ein riesiges Grundstück. Wie gemacht für einen Hund. Er wird dich beschützen.« Sollte sie doch endlich ihren Hund haben, meine Schwester. Dann brauchte sie mir nicht mehr leidzutun.

Wie eigennützig ich war.

»Er muss doch selber beschützt werden«, widersprach Karen. »Er wird in meinem Bett schlafen, und ich renne auf dem Grundstück herum und verteidige uns.«

»Ja, so macht ihr das!«

»Du spinnst, Nele.«

»Nein! Hör doch einmal auf mich. Ein einziges Mal. Ich bin nicht mehr deine kleine Schwester.«

»Ha, das wirst du immer bleiben. Immer, Nele.«

»Nimm deinen Gürtel als Leine«, sagte ich. »So bringen wir ihn nach Hause.«

Karen stand auf wie hypnotisiert, zog ihren Gürtel aus der Hose und legte ihn dem Hund um den Hals. Er ließ es sich gefallen. Er wusste, in diesem einen Augenblick musste er brav sein. Ein Hund aus dem Bilderbuch. Er ging bei Fuß an der Gürtel-Leine, schnupperte nirgends und pinkelte nirgendwohin.

Karen hielt feierlich das andere Ende des Gürtels und machte feierlich ihre Schritte, einen nach dem anderen. Sie tat mir jetzt nicht mehr leid. Karen hatte jetzt einen Hund.

»Wie soll er heißen?«, fragte ich.

»Vorwärts.«

»Aber dann wirst du immer an Charlys Bein denken.«

»Nein, ich werde an Charly denken. Wie sie mit ihrer Rolle durchs Gras gelaufen ist. Wie tapfer sie war.«

Vorwärts trabte an seiner Gürtel-Leine mit Karen mit, als hätte er in seinem ganzen Leben nichts anderes getan. Das Moos war vergessen. Er hatte dort nur auf Karen gewartet, und jetzt war sie endlich gekommen.

Körperkontakt wirkt oft beruhigend

Max 2016

Meine Mutter winkt mir vom Garten aus zu und will, dass ich zurückwinke. Warum sie unnötig quälen? Allerdings sehe ich ihrem Winken an, dass sie wieder einmal besorgt ist und nur darauf wartet, dass etwas schiefgeht. Irgendwas.

Tja. Objektiv betrachtet ist das in Ordnung.

Trotzdem, sie ist meine Mutter. Sie hat nicht besonders viel Vertrauen in ihren Sohn.

Es gibt sich selbst erfüllende Prophezeiungen, gute Frau! Das haben sie in einer Wissenschaftssendung erklärt.

Meine Mutter hasst mich manchmal. Wirklich. Und dann ist sie ganz besonders nett zu mir und winkt mir zum Beispiel vom Garten aus zu und will, dass ich zurückwinke. Von so was können Menschen verrückt werden. Ich nicht, ich kenne es ja schon. Und ich hasse meine Mutter auch ziemlich oft, deswegen verzeihe ich ihr. Hass ist normal. Ich kenne niemanden, den ich nicht schon mal fünf Minuten lang gehasst habe, außer meine Oma natürlich. Das lässt sich ansonsten nicht vermeiden, in einer Familie schon gar nicht. Aber ich tue dann nicht so falsch wie meine Mutter. Ich sage zum Beispiel: »Mama, ich hasse dich, wenn du nicht sofort aufhörst, so bescheuert zu winken.« Damit ist die Sache klar.

Aber jetzt ist der Regler ja auf vernünftig gestellt, und ich reiße mich zusammen. Ich winke zurück. Meine Mutter lächelt. Es ist ein böses, falsches Lächeln.

Sie tut mir leid, weil sie sich so verstellen muss und es nicht einfach zugeben kann. Man hat es nicht leicht als Adoptivmutter. Alles Mögliche ist verboten. Zum Beispiel:

Das Adoptivkind hassen.

Es schlagen, wenn es gemeine Sachen sagt (was es oft macht).

Es zurückbringen, wo es hergekommen ist.

Bei anderen Müttern jammern (man hat es ja selbst so gewollt und ist selbst schuld).

Beim Adoptivvater jammern (der hat sich das anders vorgestellt und ist total angefressen, deswegen muss die Adoptivmutter immer wahnsinnig happy über das Adoptivkind sein, sonst hätte es ja gleich zwei lieblose, kaltherzige Elternteile).

Ich stoße mich vom Boden ab und schwinge nach oben mit meinem Hängesessel, sodass die Feder, an der er festgemacht ist, demnächst Schrott sein wird. Entweder ich krache mit dem ganzen Ding auf den Boden oder durch die Decke. Das wird ein Spaß, ein alter Max-Spaß. Ich hab früher unwahrscheinlich viele Sachen kaputt gemacht, das kann sich niemand vorstellen. Sachen kaputt zu machen war meine absolute Leidenschaft. Und Fressen. Jetzt ist es das Ringen, und dafür bekomme ich Pokale und Wimpel und übertriebenes Lob von meiner Mutter, von Onkel Mattis, von meinem Opa und von meinem Vater, dem lieblosen und kaltherzigen Elternteil, der gesagt hat: *Es war eben ein Fehler*.

Übertriebenes Lob kann erniedrigend sein.

Meine Oma kommt jetzt aus dem Haus.

Sie hat das Telefon in der Hand und ist weiß wie die Wand von der Veranda. Ihr Mund steht offen. Sie bleibt direkt neben mir stehen, schaut aber gar nicht zu mir her und beachtet mich nicht. Das ist nicht normal. Etwas Schreckliches muss passiert sein. Sie sieht aus, als wollte sie schreien, aber kein Ton kommt aus ihr heraus.

»Oma?«

Sie starrt in den Garten zu meiner Mutter und hält das Telefon in deren Richtung, als würde das irgendwas bringen.

»Mama!«, rufe ich, und sie sieht zu uns her. Sie rennt sofort los. Sie hat es auch gemerkt, dass etwas Schreckliches passiert sein muss. In meinem Bauch zieht sich etwas sehr eklig zusammen. Meiner Oma sollte nie etwas Schreckliches passieren, jedenfalls nicht solange sie lebt. Vielleicht hat sie erfahren, dass sie Krebs und nur noch sechs Monate zu leben hat. Das könnte sein. Ich stehe aus dem Hängesessel auf. Meine Mutter kommt auf die Veranda.

»Was ist denn los?«, fragt sie und ist außer Atem.

»Heinrich«, sagt meine Oma, und ich glaube, sie fängt gleich an zu weinen.

»Heinrich? Ist ihm was passiert?«, ruft meine Mutter und packt meine Oma an den Schultern. Sie soll sie jetzt bloß nicht schütteln, sonst werde ich verrückt.

»Sie haben ihn aufgegriffen. An irgendwelchen Bahngleisen.«

Aufgegriffen heißt: nicht tot.

»Was? Warum aufgegriffen?«, fragt meine Mutter. Sie sieht nicht besonders intelligent aus in diesem Moment, das muss ich leider feststellen.

»Sie sagen, er wollte sich das Leben nehmen.«

Ich nehme die Hand von meiner Oma und halte sie. Körperkontakt wirkt oft beruhigend. Auf mich nicht so, aber auf meine Oma schon. Sie dreht den Kopf zu mir, sie weint nicht, sondern sie lächelt mich an. So gern hat sie mich. Wahnsinn.

»Keine Angst, Max.« Sie streichelt meine Hand. »Er ist in der Klinik, und sie kümmern sich um ihn. Vielleicht muss er eine Nacht dort bleiben.«

Meine Mutter nimmt meine Oma kurz in den Arm, hört aber gleich wieder damit auf, weil meine Oma sich herauswindet und lieber versucht, mich zu beruhigen, obwohl sie ja logischerweise selbst beruhigt werden müsste. Tja. So ist sie halt, meine Oma. Ich nehme ihr das Telefon aus der Hand und höre, ob noch jemand dran ist. Aber es ertönt nur ein ewiges Besetztzeichen.

»Wir fahren hin«, sagt meine Mutter, geht ins Haus und brüllt nach meinem Onkel Mattis.

Meine Oma und ich stehen Hand in Hand auf der Veranda und schauen in den Garten. Ich bin froh, dass das, was passiert ist, Heinrich betrifft und nicht sie. Trotzdem, sie ist natürlich geschockt und unglücklich deswegen. Mein Opa muss verrückt geworden sein. Ich hätte gute Lust, ihm ins Gesicht zu schlagen, wenn er heimkommt. Aber ich werde mich zusammenreißen und vernünftig sein. Alles andere wäre unangemessen.

Meine Oma weint jetzt doch.

Ich hasse meinen Opa.

Der hat einen Hunger, der könnte Menschen anfallen.

Max 2016

Ich sitze in meinem Hängesessel und schaue mir das Ganze aus sicherer Entfernung an. Die Stimmung unten im Garten geht so. War schon mal besser. Ich weiß nicht, ob es gut ist, jemanden abends von der Klinik abzuholen, wenn er sich nachmittags vor den Zug werfen wollte. Meine Oma Frieda hat gesagt, Heinrich gehört nach Hause, und sie weiß eigentlich immer, was richtig ist. Aber in dem Fall ist sie vielleicht nicht objektiv. Sie könnte verblendet sein. Opa Heinrich ist im Kreuzverhör, warum er das gemacht hat. Dabei hat er es gar nicht gemacht, er hat sich rechtzeitig umentschieden. Das hat er zumindest gesagt. Er hat sich beim Anblick der Gleise umentschieden. Da war die Polizei allerdings schon alarmiert, weil es aufgefallen ist, dass ein alter Mann die Böschung zu den Gleisen hochklettert. Sie haben ihn sich geschnappt. Das war bestimmt kein Spaß, und jetzt auch noch die SOKO FAMILIE: Warum bist du da hingefahren, warum bist du da hochgeklettert, warum wolltest du das tun? Und so weiter und so weiter, es nimmt kein Ende. Dabei kann man das in so einer Situation unmöglich beantworten. Das ist in dem Moment zu komplex. Würde man anfangen, man würde niemals fertig werden. Ich weiß das, weil es bei mir genauso war, bevor ich mit dem Ringen angefangen habe. Ich hatte praktisch jede Woche ein Verhör.

Es ist immer noch hell und total warm. Der Garten wimmelt von Mücken. Das liegt daran, dass es rund ums Haus stehende Gewässer gibt, die vor sich hingammeln. Die Regentonne zum Beispiel. Niemand verwendet das Wasser für irgendwas, außer die Mücken, um sich fortzupflanzen. Wenn es sich um ein Mückenzuchtprogramm handeln würde, wäre das ja okay und würde gut funktionieren. Aber es handelt sich eher um eine Verwahrlosung des Anwesens. Mit den leeren Blumentöpfen, die neben der Treppe zur Veranda aufgereiht stehen, ist es das Gleiche. Sie sind voller Spinnweben. Eigentlich gibt es nichts im Garten, das nicht voller Spinnweben ist. Ich habe nichts gegen Spinnen. Wirklich. Aber es versetzt mich in eine unangenehme, melancholische Stimmung, dass sich die Villa und der Garten in einem Prozess des Verfalls befinden. Das scheint sonst niemandem aufzufallen. Mir schon. Ich verbrachte hier die angenehmsten Zeiten meines problematischen Lebens.

Meine Mutter steht auf und winkt peinlich mit der Autan-Flasche. Ich schüttle nur den Kopf, ich kann die Autan-Flasche nicht annehmen. Es geht leider nicht. Manchmal kann ich die Fürsorge meiner Mutter ertragen, manchmal nicht.

»Lena, musst du den ganzen Tag auf dein Handy starren?«, fragt Lenas furchtbare Mutter.

»Wohin soll ich denn sonst starren?«

»Lass sie doch. Vielleicht hat sie einen Freund«, sagt meine Oma Frieda.

Etwas in mir schnürt sich zusammen. Sollte ich zufällig irgendwelche Krebszellen in meinem Körper haben, dann haben sie gerade ordentlich was zum Essen bekommen. Sie feiern eine Party. Sie vermehren sich, ich kann es praktisch fühlen. Wahrscheinlich ist es Muskelkrebs, und ich kann nie mehr ringen.

»Sie ist vierzehn!«

»Na und?«, fragt meine Oma zurück. »Ich war siebzehn, als ich Karl kennengelernt habe. Die Mädchen sind frühreif heutzutage.«

»Lena nicht«, sagt mein Onkel Mattis. Wenn es um seine Tochter geht, ist er ein bisschen unterbelichtet.

»Leg jetzt endlich das Handy weg!«, schreit Lenas Mutter. Sie ist mit den Nerven am Ende, sie braucht einen Spezialisten. Wirklich. Ich hoffe, dass sie oft gestochen wird.

Ich habe oft böse Gedanken. Aber andere haben das auch. Wenn zum Beispiel ein Stürmer beim FC Bayern auf der Bank sitzt, dann wünscht er sich, dass die anderen Stürmer keine Tore schießen und der FC Bayern das Spiel verliert. Das ist normal.

Opa Heinrich sitzt zwischen meiner Oma und meinem Onkel Mattis. Der ist wenigstens ein Psychogutachter, immerhin, er kann vielleicht die Lage einschätzen, aber er ist insgesamt schlecht drauf, und seit der Sache mit Lena im Zug hat sich das noch gesteigert. Es brodelt in ihm. Vorhin hat er seine furchtbare Frau angeschaut, als wäre er ganz kurz davor zuzuschlagen. Soll er ruhig. Ich hätte nichts dagegen. Aber mein Onkel Mattis wird nie richtig wütend, also so wütend wie ich zum Beispiel. Nie. Oder es bricht irgendwann aus ihm heraus, und dann legt er auf einmal los und tötet seine Frau mit bloßen Händen. So was passiert gar nicht so selten. Und danach werden im Fernsehen die Nachbarn befragt, sie sagen meistens, dass der Mörder immer so freundlich gegrüßt hat. Das ist nämlich das Wichtigste in Deutschland, dass man immer freundlich grüßt.

Meinem Opa Heinrich ist das Ganze mit der Polizei und mit der Klinik total peinlich. Er ist viel kleiner als sonst. Normalerweise thront er auf seinem Lieblingsgartenstuhl, wie der Pate persönlich, aber heute ist er ganz in sich zusammengekauert, sodass man ihn gar nicht richtig sehen kann. Ich beschließe, ihn nicht mehr zu hassen, weil meine Oma geweint hat. Mein Opa ist ein ziemlich guter Mensch.

Sie geben es dann langsam auf, ihn zu verhören, weil er schon ein bisschen genervt ist, und mein Onkel Mattis bringt glaube ich gerade ins Gespräch, was man denn zu Abend essen könnte. Das ist eine gute Idee. Ich habe wahnsinnigen Hunger, und der Kühlschrank von meiner Oma ist nicht nur schimmlig, sondern auch leer. Es ist nicht einmal Brot da. Was essen die beiden eigentlich? Sie sehen echt dünn aus. Ich hab das in meiner sogenannten Ausbildung gelernt, dass die Ernährung bei alten Menschen ein Problem ist. Sie verspüren oft keinen Hunger und keinen Durst. Ich will mir das nicht vorstellen, dass meine Oma Frieda den ganzen Tag nichts isst und trinkt. Jemand sollte sich um sie kümmern. Wirklich.

Ich sitze schon ewig lange in meinem Hängesessel. Es dämmert langsam, und ich mag das, diese ewig lange Dämmerung, wenn der Sommer gerade erst richtig losgeht. Das erinnert mich immer an die Ferien hier, den Garten und den Riegsee, wo meine Oma oft mit mir hingeradelt ist, obwohl ich Fahrradfahren gehasst habe. Wir sind immer ewig lange dort geblieben, bis es fast dunkel war, und zu Hause hatte ich so einen Hunger, ich hätte Menschen anfallen können. Das hat meine Oma immer gesagt. *Der hat einen Hunger, der könnte Menschen anfallen*! Und dann hat Opa Heinrich für uns Abendbrot gemacht. Er hat alles hergerichtet, Tomaten geschnitten, Radieschen, es gab Silberzwiebeln, ich glaube, die isst jetzt kein Mensch mehr, aber ich hab damals ganze Gläser verdrückt. Und Mettwurstbrote. Wahnsinn, ich konnte zehn riesige Mettwurstbrote essen. Dass der Kühlschrank bei meiner Oma jetzt so leer ist, das ist ein schlechtes Zeichen.

Im Garten reden sie darüber, ob sie Pizza holen

sollen, das möchte ich gerade befürworten und den anderen etwas zurufen, aber alle an den Tischen schauen auf einmal zum Haus. Komisch. Also ich bin das nicht, den sie alle anglotzen, als hätten sie eine Erscheinung. Ich sehe mich um.

Aha, ein Mann.

Er muss zur Gartentür hereingekommen, dann ums Haus herumgegangen sein und steht jetzt vor der Treppe zur Veranda. Er merkt nicht, dass ich praktisch hinter ihm sitze, er schaut hinunter zu den Tischen, vermutlich weil da Leute sind und auf den Tischen Teelichter brennen. Meine Oma ist von Teelichtern und solchen Sachen ziemlich begeistert.

Der Mann gefällt mir nicht. Seine Aura ist negativ, so was merke ich gleich.

Mein Onkel Mattis steht auf. »Kann ich Ihnen helfen?«

Der Mann antwortet nicht. Er tritt von einem Fuß auf den anderen. Wenn er irgendwas im Schilde führt, breche ich ihm ruckzuck das Genick. Das ist kein Problem. Ich weiß, wie das geht. Von wegen alte Leute beklauen oder foltern, wenn sie die Nummer vom Safe nicht herausrücken. Alte Leute wissen nämlich in der Aufregung oft die Nummer nicht mehr, und dann werden sie gefoltert. Da hört für mich der Spaß auf, und der Vernünftigregler wird mal kurzzeitig auf vollkommen durchgeknallt gedreht.

Mein Onkel Mattis starrt den Mann an. Die anderen stehen von ihren Stühlen auf und setzen sich in Bewegung. In der Dämmerung sehen sie wie Zombies aus, weil sie ganz langsam gehen und dabei alle den Mann anstarren, als wollten sie ihn aufessen. Er sagt immer noch nichts. Er ist mir unheimlich. Vielleicht ist das jemand, dem man das Genick brechen kann, aber es macht ihm nichts aus, weil er ein *Untoter* ist. Er ist der Zombie.

Der Mann sieht nämlich wie mein Opa Heinrich aus. Original. Wirklich. Nur jünger. Die Haare von meinem Opa sind komplett grau, die von dem Mann nur an den Schläfen. Und mein Opa hat jede Menge Flecken im Gesicht, wie alte Männer das haben, der Mann nicht. Aber sonst: haargenau gleich. Wahnsinn.

»Alexander?«, fragt Opa Heinrich.

Meine Oma schaut Opa Heinrich an, als sollte er jetzt keine Sperenzchen machen und ihr die Sache erklären, aber dalli.

Der Mann nickt.

»Alexander Schmied«, sagt er in die Runde.

»Krass«, sagt Lenas bescheuerte Mutter.

Ich finde das unangebracht, aber was soll's.

Opa Heinrich dreht sich zu seiner Familie um, die ja ganz schön groß ist, also ziemlich viele Menschen sind zu dem Zeitpunkt im Garten anwesend. »Das ist Alexander. Mein Sohn. Er stammt aus der Ehe mit Inge.«

Mein Opa wirkt jetzt nicht mehr klein, sondern so groß wie immer. Ich kann sehen, dass er stolz ist und sich freut. Er ist allerdings der Einzige. Die anderen sind damit beschäftigt, ihre Gehirnzellen arbeiten zu lassen und zu überlegen, was eigentlich los ist.

»Wollen wir uns nicht setzen?«, schlägt mein Onkel Mattis vor. »Wir haben gerade Bier aus dem Keller geholt. Wir setzen uns und besprechen alles in Ruhe.«

»Wieso?«, fragt Alexander Schmied.

Also was ist das denn für eine Frage? Der Typ nervt. Der Typ ist überhaupt nicht mein Fall.

»Heinrich«, sagt meine Oma, »hat das was mit deinem Blödsinn heute zu tun? Sag mir die Wahrheit, Heinrich.«

Wenn meine Oma das so zu mir sagen würde, ich könnte definitiv nicht lügen. Ich hätte viel zu viel Angst. Meine Oma könnte für die NSA arbeiten und bräuchte keine Folterinstrumente. Aber mein Opa kommt gar nicht dazu, ihr zu antworten, weil Alexander Schmied sich einblendet.

»Wir haben telefoniert.«

»Aha«, sagt meine Oma. »Was haben Sie denn zu ihm gesagt, dass er sich gleich darauf umbringen wollte? Hm?«

»Er wollte sich umbringen? Was hat er gemacht?«

»Er ist auf eine Böschung geklettert, um sich vor einen Zug zu werfen. Erst vor zwei Stunden ist er aus der Klinik nach Hause gekommen. Ich musste dem Arzt versichern, dass ich auf ihn aufpasse. Wie auf ein Kind, verstehen Sie?«

Meine Oma bohrt ihre Blicke in das Gesicht von Alexander Schmied. Ich denke daran, dass alte Leute oft einen Herzinfarkt bekommen, wenn sie sich aufregen. Das macht mich krank. Meine Mutter legt meiner Oma den Arm um die Schulter, das beruhigt sie ein bisschen und mich auch.

»Es tut mir leid«, sagt Alexander Schmied. »Das wollte ich nicht.«

Sätze wie *Das wollte ich nicht* machen mich wütend, sehr unangenehm wütend. Er hätte sich das früher überlegen können, das ist meine Meinung.

»Das glaube ich gern«, sagt meine Oma, und ihre Augen sind nur noch Schlitze. »Was genau tut Ihnen denn so leid? Hm? Was haben Sie zu ihm gesagt, zu Ihrem Vater?«

»Ich hab ihm gesagt, dass er wegen mir verrecken kann.«

Es wird total still. Alle hassen Opa Heinrichs Sohn. Das ist klar wie Kloßbrühe. Wäre meine Familie nicht so gegen Gewalt eingestellt, sie würde bestimmt in den nächsten dreißig Sekunden einen Lynchmord begehen. Das gibt es noch relativ oft auf der Welt. Ich habe im Fernsehen einen Bericht gesehen. Alle sind voll mit Aggressionen, und die Moskitos heizen das noch an. Wenn man sehr viele Mückenstiche hat, die wahnsinnig jucken, wird man davon noch aggressiver. Aber in meiner Familie stehen alle lieber komplett sprachlos da, als jemanden zu lynchen.

Alexander Schmied ist eingeknickt, glaube ich. Er hatte irgendwas vor, und jetzt weiß er gar nicht mehr, was das genau war. Erst baut er sich so auf, und dann fällt ihm nichts mehr ein. Außer dass er zu meiner Oma sagt: »Es ist meine Schuld. Ich wollte das nicht.«

»Warum haben Sie es dann gesagt? Er ist doch Ihr Vater!«

Meine Oma lässt ihn nicht so leicht davonkommen. Das finde ich richtig so. Die anderen auch, sie nicken und machen zustimmende Geräusche.

»Du bist nicht schuld, Alexander«, sagt Opa Heinrich zu seinem Sohn. »Ich wäre so gern ein guter Vater gewesen, weißt du. Auch dir. Dir zuerst. Ich hab es versucht, aber ein guter Vater ist einfach nicht aus mir geworden.«

»Fängst du jetzt wieder damit an!«, ruft meine Oma dazwischen.

Mein Opa schaut meine Oma an. Lange und total eindringlich. Er schaut sie an, als würde er sie zum ersten Mal sehen. Meine Oma wird ganz nervös davon. Die anderen auch. Er schaut und schaut.

Ich stoße mich nur ein ganz klein wenig vom Boden ab, damit der Hängesessel ein bisschen wippt, weil mich das beruhigt. Ich kann mich dann besser konzentrieren. Aber der Abstoß war doch wieder zu heftig, der Sessel schwingt wie blöd auf und ab, und die Feder quietscht. Bestimmt denkt meine Mutter wieder, dass ich mich unangemessen verhalte. Aber das war nur ein Versehen.

Ich hab das Gefühl, ich muss unbedingt etwas sagen, damit meine Mutter wieder zufrieden ist und damit das allgemeine Schweigen uns nicht auffrisst. »Vielleicht macht sich Opa auch Sorgen wegen Oma«, sage ich deshalb. »Sie war doch beim Spezialisten.«

Alle glotzen mich an à la: *Was hat der denn hier zu melden.*

»Stimmt das?«, fragt dann mein Onkel Mattis.

Und mein Opa packt ihn plötzlich, seinen Sohn, der in Wirklichkeit gar nicht sein Sohn ist, und antwortet ihm: »Sie wird mich vergessen!«

Mein Opa schluchzt dabei in das Hemd von meinem Onkel Mattis. Es ist grauenvoll. Wenn alte Leute weinen, halte ich das nicht aus. Dem Rest der Familie geht es genauso. Alle sehen wahnsinnig gequält aus.

»Ich wollte doch nur, dass man es abklärt«, sagt mein Onkel Mattis, während mein Opa immer noch an ihm dranhängt. »Dass man nichts versäumt. Es ist alles meine Schuld.«

»Nein, Mattis, ich hab dir gesagt, sie muss zum Arzt.« Lenas bescheuerte Mutter schaltet sich ein. »Ich hab dir gesagt, das muss man abklären, mach einen Termin aus. Ich hab nicht verstanden, dass sich niemand von euch kümmert.«

»Ach, wir sind jetzt also schuld!«, ruft meine Tante Karen.

»Das meinte ich doch gar nicht!«, widerspricht Lenas Mutter, aber sie meinte es eben doch so.

»Sie hat recht«, sagt meine Mutter. »Wir kümmern uns zu wenig. Das wäre sonst alles nicht passiert. Wir sind schuld.«

»Ich kann ja in den Ferien wieder herkommen«, schlägt Lena vor, und ihr Kinn zittert. Sie hat Schuldgefühle, weil sie ihre Großeltern praktisch nicht mehr besucht hat. Ich erkenne Schuldgefühle zehn Kilometer gegen den Wind, weil meine Mutter Spezialistin für Schuldgefühle ist. Man braucht nur Piep zu sagen, und schon kann sie nicht schlafen und sagt, dass es ihr leidtut. Schrecklich ist das.

»Seid ihr jetzt alle verrückt geworden?«, ruft meine Oma. »Was ist denn das für ein Unsinn? Mit mir ist alles in Ordnung.« Sie wendet sich an Opa Heinrich. »Der Spezialist hat gesagt, ich bin klarer im Kopf als alle unsere Politiker. Es gibt also keinen Grund, mich abzuschreiben, hörst du? Du hättest die Uhr sehen sollen, die ich gemalt habe!«

Opa Heinrich lässt meinen Onkel Mattis los und sagt zu meiner Oma: »Ich hab mir solche Sorgen gemacht.«

»Das brauchst du nicht«, sagt sie und holt ein Taschentuch aus dem Ärmel ihrer Strickjacke. Es ist gebraucht, das sehe ich genau. Opa Heinrich nimmt es und putzt sich damit die Nase.

»Es tut mir leid«, sagt er, doch meine Oma schüttelt nur den Kopf.

»Na dann ist ja alles prima!«, meldet sich plötzlich Alexander Schmied. »Wunderbar!«

Mein Vernünftigregler dreht sich ganz von selber nach links. Ich kann nichts dagegen machen. Der Typ sollte mich wirklich nicht länger provozieren. Er sollte die Fresse halten.

»Toll, Papa«, sagt er und klatscht in die Hände. »Deine Familie ist ein Traum! Da hält man zusammen! Wo gibt es das noch? Und deine Frau hier war zwar nur die zweite Wahl, aber eindeutig die bessere! Sie kann eine Uhr malen!«

Ich springe aus dem Hängesessel, der knallt oben an die Decke, und ich habe Alexander Schmied sofort im Schwitzkasten. Also das ist kein normaler Schwitzkasten, sondern der Paketgriff. Beim Paketgriff landet der Gegner auf dem Boden, ist bewegungsunfähig und kann sich nur mit viel Kraft wieder befreien.

Meine Mutter schreit: »Max!«, und auch meine Oma sagt ganz ruhig, aber dafür laut: »Max, lass den Unsinn.«

»Max, er ist nur neidisch«, versucht mich mein Onkel Mattis zu beruhigen. »Ist das nicht verständlich?«

»Der Wichser«, sage ich, während Alexander Schmied stöhnt. Jeder Ringer hasst den Paketgriff.

Dann spüre ich eine Hand in meinem Nacken. Sie krallt sich da rein.

»Du lässt sofort los!«, befiehlt mein Opa, und ich lasse sofort los. Ich stehe auf, Alexander Schmied bleibt liegen.

»Das ist mein Haus«, sagt mein Opa, »und hier benimmst du dich, Freundchen.« Er hält mich immer noch am Nacken fest. Ich empfinde dabei sehr viel unangenehme Enttäuschung. Das ist auch gar nicht sein Haus, sondern das von meiner Oma. Er lässt endlich los und hält Alexander Schmied die Hand hin, um ihm aufzuhelfen. Der nimmt die Hand aber nicht, sondern rappelt sich allein hoch. Seine Haare sind zerzaust. Seine Augen funkeln genauso wie die von Opa Heinrich. Original.

Ich hasse Alexander Schmied.

»Er ist mein Sohn, und wir lernen uns gerade erst kennen«, sagt Opa Heinrich.

»Und deswegen darf er meine Oma beleidigen, ja? Der da …«, ich deute auf Alexander Schmied, »ist ein Wichser.«

Ich springe die Treppen zur Veranda hoch. »Frohes Wiedersehen!«, rufe ich und renne ins Haus.

Ich muss den Robomax finden und reparieren.

Wenn du meinst …

Ben 2016

Wir sitzen auf der Vordertreppe, Meytab und ich, und wir schauen über die Mauer hinüber zu den anderen Villen, alte und moderne nebeneinander. Sie ist so friedlich, diese Straße. Hier gibt es kein Unglück, denke ich oft.

»Wie findest du meine Familie?«, frage ich Meytab. Ich sehe nur ihre Augen. Sie wirken riesig, seit sie den Niqab trägt. Ich weiß mittlerweile genau, wann sie lächelt und wann nicht. Ich habe sie einfach eingeladen, mit nach Murnau zu kommen, und sie war einverstanden. Ich hatte es mir so schön vorgestellt, ihr alles zu zeigen. Meine Familie, das Haus, den Garten. Den Riegsee und den Herzogstand. Hier gibt es viele Touristen aus den Emiraten, Meytab wird nicht weiter auffallen. Keiner wird sie beleidigen. Aber dann mein Opa und alles, fast schäme ich mich für meine Familie. Nicht nur fast. Das ist jämmerlich.

»Sie lassen sich nichts anmerken«, sagt Meytab. »Sie sind alle sehr nett zu mir.«

»Sie haben schon Schlimmeres gesehen als eine verschleierte Frau.«

»Wissen sie, warum?«

Ich stecke mir eine Zigarette an, sie schickt ihr Nikotin durch meine Adern. Sie macht mich cooler.

»Wahrscheinlich. Man kann hier nichts geheim halten.«

»Macht nichts.«

Ich sehe, dass sie lächelt.

»Ich mag es, wie du rauchst«, sagt sie.

Ich weiß nie, wie ich so was von ihr verstehen soll.

»Ich hab meinem Vater geschrieben«, lenkt sie ab und zeigt mir die Nachricht.

ES TUT MIR LEID. ICH WOLLTE DICH NICHT ANSCHREIEN. DU BIST GERADE ERST DRAUSSEN. ENTSCHULDIGE. ABER LASS MIR MEINEN NIQAB. BITTE

»Schreib ihm noch, dass er sich keine Sorgen zu machen braucht. Er denkt sonst, dass du radikal geworden bist. Eine Terroristin oder so was.«

»Wirklich? Ich? Meytab?«

»Ja, du, Meytab!«

Wir lachen, und sie schreibt ihm noch eine Nachricht.

MACH DIR KEINE SORGEN, PAPA. ICH BIN IMMER NOCH DEIN KLUGES MÄDCHEN. ES IST NICHTS RELIGIÖSES. ICH BIN MIT BEN UNTERWEGS. ALLES GUT

Ich nicke, sie drückt auf SENDEN.

Dann schreibt sie noch:

ICH HAB DICH LIEB

Sie hält mir das Handy hin. Sie lächelt und schickt auch diese Nachricht ihrem Vater.

»Ich glaube, das weiß er«, sage ich und nehme ihre Hand. Das darf ich. Ihre Hand nehmen. Ihre Hand ist nicht verschleiert.

Wir schauen beide in die aufkommende Dämmerung. Ein paar Vögel sind noch nicht schlafen gegangen und machen Lärm in der Kastanie vor dem Haus. Vom Garten her die Stimmen der anderen. Egal, was passiert, am Ende sitzt meine Familie zusammen und redet durcheinander und diskutiert über Politik, über Fußball oder über irgendwelche Leute, die in der Straße wohnen oder früher mal da gewohnt haben. Opa Heinrich ist den ganzen Nachmittag lang in der Gegend herumgefahren, um ein gutes Gleis zu finden. Er wollte nicht mehr leben, aber meine Familie redet einfach weiter. Über die Mückenplage, das Dach, das gemacht werden muss, und ob wir nun Pizza holen sollen oder nicht. Mein Vater ist der König des Ganzen, er macht das am besten, hier im Garten und unten in seinem Keller: Schwamm drüber, immer freundlich lächeln, immer eine Rolle spielen. Ich habe das gründlich von ihm gelernt. Und gründlich satt. Ich spiele Theater. Ich spiele Verständnis und Trost und bester Freund. Manchmal wünschte ich, ich wäre wie Thomas. Oder wie Max, unser Sonderling. Er spricht alles aus. Er hat nie Angst.

Meytabs Handy summt. Sie öffnet die Nachricht nicht gleich. »Bitte, bitte, lass es etwas Gutes sein, Allah!«

Ich schaue sie an, bin verdutzt. »Allah?«

»Keine Angst«, sagt sie. »Ich gehe nicht in die Moschee. Ich trag den Niqab nur für mich.«

Sie drückt sich das Handy an die Brust und schaut in den Himmel. »Aber bitte, Allah, lass es etwas Gutes sein, damit mein Wochenende endlich anfängt!«

Dann zeigt sie mir die SMS von ihrem Vater.

MIT BEN, DANN BIN ICH BERUHIGT. GRÜSS IHN. UND TRAG DEN NIQAB, SOLANGE ES SEIN MUSS

Sie seufzt und atmet tief durch. Ich lege den Arm um sie. Auch das darf ich. Ich spüre unter all dem Stoff ihre Schulter. Nur ihre Schulter. Ich bin schon wieder erregt. Das ist wie eine Krankheit. Sie bricht permanent neu aus.

»Ben?«, sagt sie.

»Ja?«

Die Grillen haben angefangen zu zirpen. Ein Mann hat sich gegenüber in den kleinen Park mit den vier Buchen gesetzt und schaut in die Landschaft. Ein schöner Blick über das Moos und in die Berge.

»Kommst du mit hoch? Ich will dir was zeigen.«

»Was denn?«

»Überraschung.«

Sie lächelt. Ihre Augen leuchten tiefschwarz. Ihr Mund, ich weiß gar nicht mehr, wie er aussieht. Wie mag er sich anfühlen? Weich wahrscheinlich, sehr weich.

Der Mann steht von der Bank auf, sieht kurz zu uns her und schlendert dann die Straße hinunter.

»Klar, gehen wir hoch. Machen wir uns fertig für die Beerdigung.«

Ich gehe vor ihr die Treppe hoch, wir haben die Dachkammer bekommen. Ein kleines Sofa für Meytab und ein Bett für mich. Alles frisch bezogen, das war wahrscheinlich meine Mutter.

Wir setzen uns auf das Sofa. Nebeneinander. Sie kommt ganz dicht an mich heran. Einen kleinen Moment lang hoffe ich.

Doch sie sagt nur »Schau mal« und öffnet eine App. Ich weiß sofort, welche es ist. Meytab kichert. Es ist Tinder. Ihr Bild ist ein altes, noch ohne Schleier. Ich kann nur hinstarren. Ich möchte ihr das Handy aus der Hand schlagen. Sie schütteln.

»Tinder? Meinst du, das ist das Richtige für dich?«, frage ich stattdessen.

»Warum nicht? Soll ich vertrocknen?«

Sie lacht einfach. Sie sollte so nicht reden. Wenn ihr Vater sie hören würde. Sie ist Türkin.

Ich erschrecke vor mir selbst. Auf einmal komme ich mit ihrer Herkunft an? Erbärmlich. Und was war ich für ein Idiot. Ich dachte, sie müsste geschont werden. Ein Witz. Sie hat sich bei Tinder angemeldet. Sie will ja. Nur nicht mit mir.

»Hey, bist du sauer?«, fragt sie.

»Nein, wieso?«

»Was hältst du von dem?« Sie zeigt mir einen Typen, wischt ihn dann aber weg. »Oder der? Der sieht lieb aus!«

»Lieb? Die wollen Sex und sonst gar nichts, Meytab.«

»Scheinst dich ja auszukennen.« Sie lacht nur wieder. »Du bist ja doch sauer«, sagt sie dann.

Es entsteht ein Schweigen zwischen uns. Meytab wischt einen Typen nach dem anderen weg.

»Du bist zu wählerisch«, sage ich irgendwann.

»Ich weiß.«

Sie lacht nicht mehr. Ihre Augen werden auf einmal ernst. Ich hasse den Niqab. Wenn es nur ein Kopftuch wäre. Aber so. Eine Mauer, eine Wand. Auf dem Tinderfoto zeigt sie ihr Gesicht. Ich liebe ihr Gesicht. Damals waren die Zähne noch in Ordnung. Inzwischen hat sie Implantate. Das ist alles verrückt.

»Aber ich muss es doch mal versuchen. Ich muss doch mal anfangen«, sagt sie.

»Würdest du mich auch wegwischen?«, frage ich und versuche zu lachen. Sie schaut mich an. Nur ihre Augen und der viele Stoff.

»Nein.«

Es wird ganz still zischen uns. Wir sagen nichts mehr. Ich weiß, was jetzt zu tun ist. Wir sind zwei Kinder, heimlich auf dem Dachboden. Wir machen das, was uns verboten wurde. Von wem? Die Erwachsenen sind weit weg. Wir hören sie unten im Garten, aber sie wissen nichts von uns hier oben. Ich wühle mich durch den Stoff. Ich kann das. Ich weiß, wie es geht. Wir sind im Dunkeln unter dem Stoff wie in einem Zelt. Es ist heiß.

»Endlich«, sagt Meytab.

Ich höre mich schnaufen. Ich höre meine Erregung. Es macht nichts. Es geht. Wir tun das. Meine Zunge in ihrem Mund. Heiß ist er, ihr Mund. Endlich spüre ich sie, ihr Atem riecht nach ihr, nach Meytab. Es macht ihr nichts, mein Gewicht auf ihr drauf. Ich darf das. Ich bin schwer. Sie umarmt mich ganz fest.

»Ist es okay?«, frage ich.

»Ja«, antwortet sie.

Ich schaue ihr ins Gesicht. Es ist ernst. Sie zieht die Augenbrauen zusammen. Sie hat Lust. Ich höre ihrem Atem zu. Sie stöhnt leise, ganz leise. Dann etwas lauter.

»Ist es okay?«, frage ich von tief unten im Stoff, und sie lacht.

»Frag doch nicht dauernd!«

»Aber ich hab Angst.«

Sie nimmt meinen Kopf in beide Hände. »Ich nicht.«

Als wir danach zusammenliegen, gibt es unten im Garten einen Aufruhr. Meytab will gleich aufstehen und nachsehen, was los ist, doch ich halte sie zurück.

»Meytab?«

»Ja?«

»Schreib mir eine SMS wie vorhin deinem Vater.«

Sie sitzt neben mir, ganz nackt. Kein Stoff weit und breit. Sie lächelt.

»Wirklich?«

»Ja.«

Sie tippt in ihr Handy. Ich hole meins aus meiner Jackentasche. Dann höre ich meinen SMS-Ton. Es ist ein Tropfen. Meytab sieht mir zu, wie ich die PIN eingebe. Ich lese meine Nachricht.

ICH HAB DICH LIEB BEN

Jetzt drücke ich mein Handy an die Brust und schaue nach oben. »Danke, Allah!«

Meytab lacht.

Dann zieht sie den Khimar an und streift den Niqab über, verknotet die Enden am Hinterkopf. Sie verschwindet. Aber sie ist noch da. Ich stecke ihr eine Haarsträhne unter den Stoff und sage: »Wenn schon, denn schon.«

»Lass uns nachsehen, was los ist«, schlägt sie vor, und wir gehen Hand in Hand die Treppe hinunter, wie ein Liebespaar. Ich glaube, das sind wir jetzt: ein Liebespaar. Oder nicht? Wir lassen uns rechtzeitig los, damit die anderen nichts merken. Sie stehen um einen Mann herum, es ist der von vorhin, aus dem kleinen Park.

The Great Rock'n'Roll Swindle

Max 2016

Mein Krafttraining hat mich beruhigt. Es wirkt fast immer.

In der Dusche stelle ich fest, dass das Badezimmer meiner Großeltern nicht mehr allgemeingültigen Hygienestandards entspricht. Meine Oma hat Putzen schon immer vermieden, aber Opa Heinrich? Ich will nicht an ihn denken.

Als ich aus dem Bad komme, laufe ich allerdings fast in ihn rein. Ich schaue ihn nicht an und sage nichts. Ich gehe einfach weiter und bin schon fast an der Treppe, da sagt er hinter mir:

»Es tut mir leid, Max. Entschuldige.«

»Nicht schlimm.«

»Doch, ich verletze Menschen mit meiner Art. Früher war es noch schlimmer. Manchmal packt mich die Wut, und dann …«

»Ich kenne das«, schneide ich ihm das Wort ab. Weil es stimmt.

Wir stehen zusammen an der Treppe herum. Ich bin selten mit meinem Opa allein. Es ist komisch. Ich lege eine Hand auf das Treppengeländer, es ist alt und aus Holz. Die andere Hand stecke ich in die Hosentasche und zupfe an meinen Nagelbetten herum. Sie sind nie so glatt und in Ordnung, wie ich das möchte. Ich stehe mit nacktem Oberkörper da, das frische T-Shirt liegt noch im zweiten Gästezimmer. Es gibt wahnsinnig viele Gästezimmer in diesem Haus, und das Zweier ist das schönste, weil es das Turmzimmer ist mit lauter Fenstern zum Garten hin; weiter hinten kann man die Berge sehen. Meine Oma gibt mir immer das Zweier, egal wer alles da ist.

»Du bist ein kräftiger junger Mann, Max.«

Opa Heinrich schaut sich meine Muskeln an. Ich weiß, dass sie gut aussehen nach dem Training. Aber was will er von mir?

»Du hättest mich umhauen können«, sagt er. »Ganz leicht.«

»Das würde ich nie machen.«

»Wusstest du, dass ich als Baby auch in einem Heim war?«

Eigentlich will ich weg. Eigentlich will ich die Treppe hinunterrennen. Aber das geht nicht. Das ist eine Unterhaltung.

»Warum denn?«, frage ich.

»Gleich nach der Geburt. Ein Jahr lang. Meine Mutter wollte mich nicht bei sich haben. Das war noch vor dem Krieg. Angeblich musste sie arbeiten, aber sie wollte mich einfach nicht. Ich hab sie gestört. Kannst du dir das vorstellen?«

»Ja.«

Er nickt. Er sieht schwach und traurig aus. Ich

mag das nicht und hoffe, dass er nicht wieder weint. Eltern und Großeltern sollten überhaupt nicht weinen. Die Tränendrüsen sollten herausoperiert werden, sobald jemand Kinder hat. Für die Kinder ist es sonst der Horror.

»Ich war in einem Waisenhaus«, sage ich.

»Ja, wir sind uns ähnlich, wir zwei, obwohl wir gar nicht miteinander verwandt sind. Du kommst aus China, und ich bin ein Bayer, ein waschechter, aber trotzdem. Du bist mir viel ähnlicher als Alexander, der so aussieht wie ich. Diese Wut in uns drin, die kriegen wir nicht los. Die bekommen die Menschen ab, die wir lieben. Es ist grausam. Deine Mutter zum Beispiel, die Nele: Was hast du ihr nicht alles zugemutet! Du konntest nicht anders, du musstest sie testen. Immer wieder. Ich habe Frieda und die Kinder auch getestet. Aber auch wenn sie den Test bestehen, nützt es ihnen nichts, weißt du. Irgendwann geht alles wieder von vorne los.«

»Ein bisschen nützt es schon.«

»Denkst du wirklich?«

»Darf ich dir was sagen, Opa?«

»Ja, endlich reden wir miteinander. Wenn alle um uns herum sind, kommen wir ja nicht dazu.«

»Oma hat geweint wegen dir.«

»Das hat sie schon oft.«

Mein Opa sieht jetzt noch schwächer und trauriger aus. Ich lege eine Hand auf seine Schulter. Körperkontakt wirkt oft beruhigend, aber mein Opa zuckt zusammen und geht einen Schritt zurück.

Er ist wirklich so wie ich.

»Du darfst sie nicht allein lassen.«

Er schaut mich an, als hätte ich keine Ahnung, aber in Wirklichkeit hat *er* keine Ahnung.

»Ich zeig dir mal was.« Damit gehe ich voran, die Treppe hinunter, mein Opa folgt mir, und ich führe ihn in die Küche, öffne den Kühlschrank und deute auf ein Knäuel hinten an der Kühlschrankwand.

»Was ist das?«, fragt er wie jemand, der ganz genau weiß, was das ist.

»Das ist eine Unterhose. Ich denke, dass sie Oma gehört und dass sie nicht wusste, wohin damit.«

Ich nehme die Unterhose heraus. Solche Sachen erschrecken mich nicht. Unterhosen von alten Leuten gehören zu meiner Ausbildung. Normalerweise habe ich allerdings Gummihandschuhe an.

Opa Heinrich dreht und wendet die Unterhose wie jemand, der nicht weiß, dass das eine Unterhose ist und dass sie nicht in den Kühlschrank gehört.

»Ich zeig dir noch was«, sage ich. »Das Ding kannst du gleich mitnehmen, wir gehen in den Keller.« Im Keller erkläre ich ihm, dass ich nur meine alten Schlittschuhe gesucht habe, um zu sehen, ob sie mir noch passen. »Und dann habe ich das hier gefunden.«

Ich zerre einen Müllsack hervor, der hinter den Öltank gequetscht ist. Mein Opa macht große Augen, weil er ja immer predigt, dass so eine alte Villa leicht abbrennen kann. Im Müllsack befinden sich nasse Klumpen, die schimmlig riechen. Es ist Wäsche. Frisch gewaschen und jetzt im Müllsack vor sich hin modernd. Mein Opa zieht einen der Klumpen auseinander.

»Das ist meine Hose. Die gute, wenn wir etwas vorhaben. Was hat sie gemacht?«

»Sie hat nicht gewusst, was damit passieren soll. Sie hat sich nicht mehr ausgekannt, Opa. Verstehst du? Du darfst sie nicht allein lassen.«

Er nimmt einen anderen Klumpen. »Und hier ist auch mein Hemd. Ich habe es schon vermisst.« Er schüttelt den Kopf.

»Versprichst du es mir?«, frage ich.

Endlich schaut er mich an. »Ja, gut.«

Aber ich weiß nicht, ob er es so meint. Ich nehme ihm die Sachen aus der Hand und stopfe sie zurück in den Müllsack. »Die sind nicht mehr zu retten.«

Mein Opa nickt, und wir gehen nach oben.

»Aber sie war doch beim Spezialisten!«, meint er noch, als wir schon auf der Veranda stehen und gerade zu den anderen gehen wollen. Ich zucke nur mit den Schultern.

»Versprichst du mir auch was?«, sagt mein Opa.

»Was denn?«

Unten im Garten sitzen die anderen. Sie reden miteinander. Auf den Tischen flackern die Teelichter. Meine Oma besitzt Unmengen davon. Das Ganze wirkt von hier oben friedlich, nur Bens Freundin sieht mit ihrem Schleier aus wie ein Gespenst. Warum nicht. Der Freund von Thomas hat dafür ein rosa Strickjäckchen an und grüne Pumps. Wirklich. Haben wir jetzt also eine Schwuchtel und ein

Gespenst dabei. Und einen Wichser. Alexander Schmied hat sich nämlich mit dazugesetzt.

»Gib deine Mutter frei«, sagt mein Opa.

Ich verstehe nicht, was er meint. Ich soll meine Mutter *freigeben*? Was soll das heißen? Wenn ich nicht aufpasse, werde ich gleich wieder wütend.

»Sie war immer für dich da. Sie hatte es schwer mit dir und hat immer zu dir gestanden. Es ist genug, findest du nicht?«

Wer hatte es schwer mit wem?, denke ich. Und ich will das nicht verstehen. Deswegen mache ich nur »Ts …«

»Sie kann nichts für deine Probleme. Sie kann nichts dafür, was deine leibliche Mutter dir angetan hat. Mach einfach deine Ausbildung fertig, such dir eine Wohnung und mach ihr keine weiteren Sorgen. Im Gegenteil. Mach ihr Freude. Schaffst du das?«

Ich stehe da wie eine Statue. Ich kann mich nicht bewegen und höre mich nur sagen: »Nein.«

»Dann versuche es. Bau keinen Mist, mach deine Ausbildung und zieh von daheim aus.«

Ich finde das krass, was er sagt. Ich mache meine Ausbildung für mich, nicht für meine Mutter, und ich hab mir schon WG-Zimmer angeschaut, aber sie waren zu teuer. Eigentlich waren sie nicht zu teuer, ich dachte bloß, dass ich das meiner Mutter nicht antun kann. Sie wäre doch total allein ohne mich.

»Sie könnte wieder einen Freund haben. Oder reisen, das macht sie doch so gern.«

Bin ich jetzt schuld, dass meine Mutter keinen Freund hat? Dass sie nie wegfährt? Irgendwie bekomme ich das Gefühl, dass ich auf einen riesigen Schwindel reingefallen bin. Den Great Rock'n'Roll Swindle. Ich brauche bloß auszuziehen, und alles ist gut, oder was? Das ist krass. Das ist, als hätte ich dauernd in einer Zelle gesessen, aber die Tür war die ganze Zeit offen. Ich kann herausspazieren, und dann passiert nichts, einfach gar nichts, und meine Mutter ist ohne mich besser dran.

»Versprich es mir«, wiederholt sich Opa Heinrich.

Wir sehen uns in die Augen. Wir sind keine Freunde. Ich weiß nicht mal, ob wir Feinde sind. Jedenfalls wünsche ich mir, Opa Heinrich wäre weg. Dann würde ich zu meiner Oma nach Murnau ziehen und mich um sie kümmern.

Aber er ist da, mein Opa. Wir beide sind im Augenblick die einzigen Überlebenden in einem Raumschiff, das für alle Zeiten ohne Steuerung durchs Weltall rast. Die anderen sind Lichtjahre von uns entfernt, wir werden sie niemals wiedersehen.

»Okay«, sage ich und schaue weg. Auf dem Treppengeländer ist ein Abdruck von meiner Hand. »Dann hole ich mal mein T-Shirt.«

Opa Heinrich wartet auf mich, und wir machen uns endlich auf den Weg über die Wiese, die mitt lerweile von den vielen Leuten heruntergetrampelt wurde. Da wird man mit dem Rasenmäher nicht mehr durchkommen. Ich habe hier schon oft Rasen gemäht, aber diesmal werde ich eine Sense oder so was brauchen.

»Wo habt ihr denn gesteckt?«, fragt meine Oma. »Wir haben Hunger.«

»Wir haben kein Brot, Oma«, sage ich zu ihr.

»Aber natürlich haben wir Brot. Denkst du, ich kaufe nicht ein, wenn ihr zu Besuch kommt?«

»Wir können doch etwas auftauen«, schlägt mein Opa vor.

Meine Oma holt tief Luft und will etwas sagen, aber dann überlegt sie es sich anders, winkt ab und schaut irgendwie abwesend auf den Tisch, der voller Bierflaschen steht. Die meisten hat mein Onkel Mattis getrunken, glaube ich. Und Thomas' schwuchteliger Freund. Thomas versucht dauernd, ihn von mir fernzuhalten, weil er Angst hat, ich könnte etwas Unangemessenes sagen. Aber das würde ich nie machen.

»Alle sind gekommen«, sagt meine Oma, schaut in die Runde und ist einigermaßen glücklich. Den Umständen entsprechend, würde ich sagen.

»Ja, wir sind vollzählig«, pflichtet mein Onkel Mattis ihr bei.

»Nur Charly fehlt«, sagt Lena.

»Ist es nicht Zeit, sie zu beerdigen?«, fragt meine Oma. »Hinten, wo ihr Gehege war, was meinst du, Max?«

»Wenn du willst.«

»Wir graben sie ein, und danach gibt es Leichenschmaus. Ich taue das Hühnerfrikassee auf, das esst ihr doch so gern.«

Fast alle lachen wahnsinnig gekünstelt, nur Lena sagt: »Ich hab keinen Hunger.«

Sieben drei vier sieben

Mattis 2016

Ja, sie waren tatsächlich einmal vollzählig. Lena, Thomas mit seinem Freund, Ben und die verschleierte Meytab, und Max natürlich. Lena war ganz aufgekratzt, als wäre ihr Ausraster im Zug vergessen. Aber nicht für ihn, ihren Vater. Etwas stimmte nicht mit Lena. Er musste mit ihr reden. Er musste sich mehr kümmern. Um alle. Er steckte Ben und Thomas jeweils einen Hunderter zu. Auch mit Heinrich musste er sprechen, notfalls würde er ihn zu einem Psychiater oder Psychologen schleifen. Dann konnte die Mutter wieder über die Spezialisten schimpfen. Und gleich morgen früh würde er zusammen mit Heinrich, mit seinem Stiefvater, ins Moos gehen.

»Papa, könnten wir vielleicht kurz dein Tablet haben?«, fragte Lena.

»Ihr habt doch eure Handys.«

»Aber wir müssen was machen, das geht besser auf dem Tablet.«

»Was denn?«, fragte Sanne.

»Lass sie nur«, sagte Mattis. »Aber verstellt mir nichts, ja?«

Seine Frau fixierte ihn. Er schaute weg.

»Dein Pin-Code?«, fragte Lena.

»Sieben drei vier sieben.«

Die Kinder verschwanden alle zusammen im Haus. Sie heckten irgendetwas aus. Fast wie früher, wenn man sie für Stunden nicht zu Gesicht bekam. Manchmal kamen sie dann mit einer Aufführung wieder, manchmal mit einem Kriminalfall, den die Erwachsenen lösen mussten, einmal mit einem Igel, den sie mit Katzenfutter aufpäppeln wollten, ein anderes Mal mit einem verletzten Jungvogel. Es nutzte nichts, ihnen zu erklären, dass das Tier keine Überlebenschance hatte. Es war nackt und piepte nur noch schwach nach seinen Eltern. Ben zerschnitt damals tapfer einen Regenwurm und versuchte, das Vogelkind zu füttern. Am Ende solcher Sommertage, wenn alle todmüde waren, hatte es häufig irgendeinen Streit gegeben, ab und zu auch eine Prügelei mit Max. Gott sei Dank ging er jetzt zum Ringen. Er hatte ja nie gewusst, wohin mit all seiner Wut und mit seiner Kraft.

Lena kam noch einmal zurück in den Garten.

»Wir brauchen Vorwärts«, sagte sie. »Meinst du, er geht mit mir mit, Karen?«

»Wozu denn? Nein, er hat bestimmt Angst.«

»Darf ich es probieren? Ich hab im Kühlschrank Salami gefunden, sie ist abgelaufen. Aber das macht ihm bestimmt nichts aus.«

Lena hielt die Salamistückchen in einer durchsichtigen Tüte hoch. Es waren eine ganze Menge.

»Hunde sollen keine Salami essen«, sagte Nele.

»Bitte, Tante Karen, bitte! Wir brauchen ihn nur kurz. Er bekommt ein bisschen Salami, dann bringe ich ihn wieder raus. Wir tun ihm nichts.«

»Also gut, du kannst es versuchen. Aber ich glaube nicht, dass er mitgeht.«

Karen täuschte sich, die Salami war überzeugend genug. Vorwärts trabte munter neben Lena ins Haus.

»Lasst ihn nicht von der Leine!«, rief Mattis' Mutter. »Er ruiniert mir noch den Garten.«

»Der Garten ist schon ruiniert, Mama«, sagte Karen.

»Und Ungeziefer bringt er auch ins Haus. Wofür brauchst ausgerechnet du einen Hund, Karen?«

»Was soll denn das heißen? Es muss ja nicht immer eine Schildkröte sein.«

»Nichts gegen Charly!«, sagte Nele.

»Karen hat sich doch schon immer einen Hund gewünscht«, rief Heinrich. Er hatte sehr lange nichts gesagt, und alle sahen ihn an. »Ist doch wahr. Karen soll doch endlich ihren Hund haben, wenn sie will.«

Die Mutter verschränkte die Arme. »Pfft …« Sie war beleidigt, aber sie hielt sich zurück. Heinrich hatte Schonzeit.

»Ist gut, Mama«, sagte Nele. »Vorwärts lässt deinen Garten heil, und du lässt Karen ihren Hund.«

»Pfft …«, machte jetzt auch Karen. »Das ist immer noch meine Sache.«

»Aber nicht in meinem Haus«, sagte die Mutter, sie gab nicht auf.

»Hört auf!«, befahl Heinrich. Er war es anscheinend leid. »Es ist ein wunderbarer Sommerabend, oder nicht? Es hat jeden Tag geregnet. So ist es am schönsten, das Moos, oder nicht? So grün.« Er langte mit einer Hand hinüber zu seiner Frau und legte sie auf ihren Oberschenkel. »Carpe diem, weißt du noch?« Sein Lächeln ging irgendwohin in die Ferne.

»Ja«, sagte die Mutter überraschend sanft und legte ihre Hand auf seine.

Eine Weile saßen alle schweigend zusammen.

Er, Mattis, hatte Lust auf ein weiteres Bier, aber Sanne würde nur wieder ihre Missbilligung kundtun. Sie hielt ihn für einen Alkoholiker. Vielleicht war er das. Aber solange er das Geld verdiente und nur sich selbst zugrunde richtete, konnte es ihr doch egal sein. Solange er sich um alles kümmerte. Sie interessierte sich ohnehin nicht mehr für ihn und hatte ihn in den Keller abgeschoben.

Das war natürlich Unsinn, er war freiwillig gegangen. Sanne war nicht an allem schuld. Es erleichterte nur sein Gewissen, wenn er ihr alles Mögliche vorwarf, sogar dass sie da war, einfach nur da war.

Er selbst war das Problem.

Und in diesem Moment, beim Nachsinnen über sich und Sanne und … Da fiel es ihm ein. Oh Gott, sein Tablet. Die Kinder. Er stand so ruckartig auf, dass sein Gartenstuhl nach hinten umkippte. Er stellte ihn fahrig wieder auf.

»Mattis?«, fragte seine Mutter.

Sanne hob nur spöttisch die Augenbrauen. Er sah sie an. Was machte er nur? Er musste zu den Kindern.

»Bin gleich wieder da«, entschuldigte er sich und ging rasch zum Haus. Er durfte nicht rennen. Sanne würde ihn ohnehin später fragen, was los war. Sie kannte ihn einfach zu gut. Er sprang die Treppen zur Veranda hoch und rief: »Kinder? Wo seid ihr denn?«

Sie saßen im Wohnzimmer zusammen, Ben hielt das Tablet in der Hand.

»Hey!«, rief Lena. »Zutritt verboten!«

»Was denn?«, fragte er munter und sah in jedes einzelne Gesicht. Lena, Thomas, Ben, David, Meytab, Max. Nichts. Es war nichts passiert. Sie hatten keine Ahnung.

»Ich brauche mein Tablet«, sagte er.

»Aber wir sind mitten drin«, jammerte Lena.

»Ich brauche es nur kurz.«

»Das geht jetzt nicht!«, rief sie.

Ben nickte ihm zu, fast unmerklich. Aber er hatte genickt. Er wusste Bescheid. Ben wusste Bescheid. Er stand auf. »Ist in Ordnung, Papa. Alles in Ordnung.« Dann zog er seinen Vater hinaus auf die Veranda.

»Ich hab die Einstellungen geändert«, erklärte Ben. »Es erscheinen keine Nachrichten mehr auf dem Bildschirm.«

»Es tut mir leid«, sagte Mattis.

»Sprich mit Mama. Mehr sage ich nicht dazu. Es ist deine Sache. Aber du musst mit Mama sprechen. Ich werde nicht für dich die Klappe halten.«

»Es tut mir so leid.« Mattis stand unschlüssig da. Es gab noch so viel dazu zu sagen. Was sollte Ben jetzt nur über ihn denken?

»Ist gut, Papa. Du musst es ihr nur sagen, okay?«

»Sie weiß es.«

»Wie bitte?«

»Ja, seit ein paar Wochen.«

»Jetzt wird mir einiges klar. Könnt ihr das bitte irgendwie klären? Ich bin erwachsen, aber Lena noch nicht.«

»Ich weiß.« Er hätte Ben so gerne umarmt, traute sich aber nicht.

»Verabscheust du mich jetzt?«, fragte er.

Das war albern. Er wollte Absolution von seinem Sohn.

»Nein. Aber so kann es ja wohl nicht weitergehen.«

Ben hatte recht. Er ging wieder rein zu den anderen.

Mattis holte sein Handy aus der Hosentasche und tippte eine Nachricht:

BITTE GERADE KEINE NACHRICHTEN. DIE KINDER HABEN MEIN TABLET. BEN WEISS ES. ICH HABE ANGST. ICH UMARME DICH

Dann ging er zurück in den Garten und setzte sich neben seine Frau. Sein Herz schlug heftig. Ja, er hatte Angst. Er wusste nicht, was richtig war.

Später kamen die Kinder wieder.

»Jetzt kommt die Vorführung«, verkündete Lena ganz aufgeregt. Ben stellte das Tablet auf einen der Tische, sodass alle es sehen konnten.

Es war ein Video. Erst wurde ein Text eingeblendet: *Message to DoctorHoo and to all mankind.* Dann bewegte Vorwärts sein Maul, dazu hörte man Lenas Stimme, sodass es schien, als würde der Hund sprechen: »Hass ist hässlich. Liebe ist Schönheit.« Und am Schluss grinste Vorwärts wie ein Mensch und hatte blinkende Herzchen in seinen Augen.

Wunderbar. Mattis war gerührt. Der zerzauste Hund mit seiner Botschaft an die Welt. Über dem einen Auge fehlte ihm das Fell, über dem anderen hatte er eine Narbe. Seine Zähne gelb und schadhaft. Vom rechten Ohr fehlte ein ganzes Stück. Der ganze Hund schielte leicht. *Liebe ist Schönheit.*

»Das ist ja toll!«, rief Karen. »Wie habt ihr das nur gemacht? Vorwärts ist ein richtiger Filmstar.« Sie klopfte dem Hund die Seite und lobte ihn.

»Mit Salami«, sagte Lena und strahlte. »Ist es wirklich gut? Es ist nämlich schon online.«

»Ja, es ist gut«, sagte Mattis. »Das habt ihr wirklich toll hinbekommen. Aber wer ist DoctorHoo?«

»Das ist Laura Plaschke, aus meiner Klasse«, antwortete Lena.

»Hast du Ärger mit ihr?«

»Und wie.«

»Spiel es nochmal ab«, sagte Max, und Ben ließ das Video noch ein paar Mal laufen.

Es war wirklich schräg. Der grinsende Hund, die Herzchen in seinen Augen. Diese Effekte ließen sich jetzt ganz einfach herzaubern, es gab Apps dafür. Und er, Mattis, brachte es nicht fertig, seine Nachrichten verborgen zu halten. Er war wirklich ein Idiot. Sanne würde ihn zu Recht zur Schnecke machen, dass Ben es auf diese Weise erfahren hatte.

»Wir haben schon fünfzehn Likes!«, rief Lena.

»Das werden noch viel mehr«, sagte Thomas. »Was glaubst du, wenn wir erst die ganze Gay Community kriegen.«

»Und meine Türken«, sprach Meytab in ihren Schleier hinein.

»Ich teile es auch«, rief Nele und tippte auf ihrem Handy herum.

Plötzlich spürte Mattis eine Hand an seinem Arm. Es war Sanne. »Sie sind wunderbar, unsere Kinder, nicht wahr?«

Er musste schlucken. »Manchmal.«

Sanne lächelte ihn an.

Wie lange war das her, ihr letztes Lächeln? Es kam ihm vor wie einhundert Jahre.

Er lächelte zurück.

Und wann fängt die Party an?

Max 2016

»Lasst es uns hinter uns bringen«, sagt mein Onkel Mattis.

Ich habe das Loch schon ausgehoben. Es ist bestimmt einen Meter tief. Opa Heinrich kommt mit einer Plastiktüte an, und ich schaue hinein.

»Charly«, sage ich zu den anderen.

Ich nehme sie heraus, und Lena fängt an zu weinen. Charly ist so kalt, dass meine Finger wehtun, aber sie sieht aus wie immer. Sie streckt ihre drei Beine von sich und hält nur den Kopf ein bisschen komisch nach unten. Ihre Augen sind zu, als würde sie schlafen. Ich denke daran, dass ihre Rolle nicht verrotten wird, und wenn Aliens sie eines Tages ausgraben, eine einzelne Legorolle an einem Schildkrötenpanzer, dann werden sie ein falsches Bild von der Menschheit bekommen.

»Arme Charly«, sagt meine Mutter und sieht nachdenklich und traurig dabei aus, genau so, wie ich es hasse.

»Sie lächelt immer noch«, sage ich und will sie meiner Mutter hinhalten, damit sie Charly noch einmal lächeln sehen kann, aber sie geht gleich zwei Schritte zurück.

»Ja, sie hat ein friedliches Gesicht«, sagt mein Onkel Mattis.

Ich schaue mir Charly ganz genau an. Ich begutachte sie von allen Seiten, fasse ihre Krallen an und ihren Mund und alles und empfinde dabei ein sehr eigenartiges Garnichts, bis Opa Heinrich sie mir wegnimmt und in das Erdloch legt. Charly sitzt da unten, als würde sie gleich wieder herauskrabbeln.

»Soll ich zuschütten?«, frage ich.

Opa Heinrich nickt.

Es dauert eine Weile, die anderen schauen mir zu und sagen nichts. Opa Heinrich steckt dann ein Holzkreuz auf den Grabhügel, er hat es aus zwei Stöcken zusammengebunden. Lena legt eine kleine Schildkröte aus Metall dazu, die mit dem Kopf wippen kann.

Na ja. Ich reiße mich zusammen und verdrehe nicht die Augen. »Wollen wir nicht etwas singen?«, fragt mein Onkel Mattis. Seine bescheuerte Frau bedeutet ihm daraufhin auf bescheuerte Weise, dass er etwas Unmögliches gesagt hat.

Doch Lena stimmt ihm zu, ihr Gesicht ist rot und nass.

»Wer weiß ein Lied?«, fragt meine Mutter.

Wir Kinder einigen uns auf *Wie schön, dass du geboren bist*, ein Geburtstagslied. Ich finde das sehr passend, meine Oma auch. Die Einzige, der es nicht passt, ist

Lenas Mutter, und die hat in unserer Familie noch weniger zu sagen als ich.

Meine Oma fängt an, und alle stimmen ein.

»Heute kann es regnen, stürmen oder schnein …«

Ich singe auch mit. Nicht so sehr für Charly, aber für meine Oma. Und für meine Mutter. Sie ist nämlich in Wirklichkeit ganz in Ordnung. Nicht besonders schlau und oft sehr nervtötend, aber in Ordnung. Ich werde sie freigeben.

Und ich hoffe sehr, dass außer Lena niemand weint.

»Wie schön, dass du geboren bist, wir hätten …«

Sogar der Schwuchtelfreund von Thomas singt mit.

»… dich sonst sehr vermisst …«

Opa Heinrich schluchzt neben mir auf. Ich hab's geahnt. Mein Onkel Mattis legt ihm einen Arm um die Schulter, aber Opa Heinrich lässt sich nicht so leicht beruhigen. Ihm laufen die Tränen übers Gesicht.

Das ist schwer zu ertragen, und ich bin froh, wenn ich wieder in meiner Turnhalle bin. Die Turnhalle ist der wunderbarste Ort, den man auf der Welt finden kann. Es gibt nichts Schöneres.

»Wir gratulieren dem Geburtstagskind!«

Fast alle lachen, meine Mutter auch. Opa Heinrich wischt sich mit einem Taschentuch über das Gesicht und will es dann meiner Oma geben, aber sie winkt ab. Ich weiß, was sie denkt: Es ist doch nur eine Schildkröte.

Meine Oma ist nämlich manchmal wie ich.

Ich habe Hunger und muss aufs Klo.

»Und wann fängt die Party an?«, fragt meine Oma, als ich wiederkomme. Ich habe zwar ein Klo gefunden, aber nicht einmal einen einzigen Keks. Gar nichts.

»Das war eine Party nach Karls Beerdigung! Ganz Schwabing war da, und wir haben die Nacht durchgetanzt. Ihr Kinder wart in Murnau bei meinen Eltern, und ich habe mich betrunken und auch einen Joint geraucht.« Meine Oma kichert. Wirklich. Als hätte sie den Joint gerade eben geraucht.

»Nur deswegen habe ich mich getraut, Heinrich anzurufen und wegen der Stromrechnung zu fragen. Kennt ihr schon die Geschichte mit der Stromrechnung?«

Mein Onkel, meine Tante und meine Mutter rufen gleichzeitig »Ja!« und lachen.

»Ts …«, sagt meine Oma.

»Welches Lied willst du hören?«, frage ich sie.

»Eins von früher. Hast du nicht eins von früher?«

»Welches Jahr?«

»Karl ist vierundsiebzig gestorben. Im Februar. Hast du denn so was? Von 1974?«

Ich suche nach Liedern aus dem Jahr 1974. Dabei bekomme ich leider mit, wie Thomas seinen Schwuchtelfreund küsst und im selben Moment Ben seine Araberin. Er hebt den Schleier dafür hoch. Anscheinend darf er das.

Ich empfinde sehr viel krebsartige Melancholie bei der Vorstellung, dass ich niemals eine Freundin haben werde. Tja. Das ist nämlich meine Strafe. Für alles, was ich jemals angestellt habe. Wirklich. Gott hat sich das ausgedacht. Und Antek Vukovic. Er hat gesagt, wenn er uns mit einer Freundin erwischt, kriegen wir eine Zwangspause. Um nachzudenken, wofür wir unsere Kraft einsetzen wollen: für eine kleine Muschi oder für den Gegner auf der Matte.

Tja. Es ist schwer durchzuhalten, aber sonst wäre es ja auch keine Strafe.

Ich habe inzwischen das Lied für meine Oma gefunden.

»Der Nummer-eins-Hit im Februar vierundsiebzig war *I'd love you to want me* von Lobo«, sage ich, stelle mein Handy laut und halte es hoch, damit jeder das Lied mithören kann.

Es ist kein besonders guter Song, im Gegenteil, aber meine Oma steht auf und wiegt sich ziemlich hippiemäßig im Takt. Sie schlenkert mit den Armen herum und hält den Kopf dabei schief, so verträumt und alles. Komisch, wenn meine Oma so was macht, ist es nicht peinlich. Opa Heinrich geht zu ihr hin und nimmt eine Haltung ein wie in der Tanzschule.

»So doch nicht!«, sagt meine Oma, fängt aber trotzdem an, mit ihm zu tanzen. »Sei doch nicht so steif!«

Meine Mutter tauscht Blicke mit ihrer Schwester Karen aus.

»Ich bin eben nicht wie dein Karl«, verteidigt sich Opa Heinrich.

»Nein, der ist ja auch tot und du nicht.«

Ich liebe meine Oma, wenn sie so was sagt.

Die beiden Schwulen schunkeln, und ich versuche, nicht die Augen zu verdrehen, dann singen sie »Babiiie …«, und mein Cousin Ben und seine komische verschleierte Freundin singen mit.

»Wann gibt es was zu essen?«, frage ich, als das Lied zu Ende ist.

»Das Hühnerfrikassee muss nur noch in die Mikrowelle«, antwortet meine Oma.

Mein Onkel, meine Tante und meine Mutter geben sich Zeichen und machen Grimassen.

»Wo ist eigentlich Lena?«, fragt dann mein Onkel Mattis.

In meinem Bauch zieht sich etwas unangenehm zusammen.

Lenas Platz neben ihrer Mutter ist leer. Im Garten oder auf der Veranda ist sie auch nicht.

»Ich sehe mal im Haus nach ihr«, sagt mein Onkel Mattis.

»Sie ist weggefahren«, rufe ich ihm nach.

Er dreht sich um und lacht künstlich, als hätte ich einen blöden Witz gemacht.

»Was heißt hier weggefahren?«, fragt Lenas bescheuerte Mutter. »Wie denn?«

»Mit dem Taunus von Opa Heinrich. Also: Sie ist nicht selbst gefahren. Ich glaube, es war ihr Freund.«

»Der ist angesprungen?«, fragt mein Opa.

»Ja.«

»Wie bitte?«, fragt Onkel Mattis, lacht aber kein bisschen mehr. »Welcher Freund?«

Ich zucke mit den Schultern und sage: »Sah nun mal nach Freund aus. Küsschen, Küsschen. Vorhin, als ich auf dem Klo war. Sie nannte ihn Mario.«

»Warum hast du uns nicht Bescheid gesagt?«, fragt mich Lenas bescheuerte Mutter.

»Max?« Jetzt auch meine eigene Mutter, und in ihrem Gesicht steht einiges von der Abneigung geschrieben, die sie mir entgegenbringt.

»Warum hast du uns nicht gerufen?«, fragt mein Onkel Mattis.

Jetzt bin ich also schuld, dass Lena weg ist. War ja klar.

»Sie hat gesagt, wenn ich sie verrate, bevor sie weg ist, bringt sie mich um.«

Alle starren mich an.

»Ich fahre ihnen nach«, sagt mein Onkel Mattis und ist schon auf dem Weg ins Haus. »Wie lange ist sie schon weg?«, ruft er noch zurück.

»Eine halbe Stunde etwa«, antworte ich ihm.

Seine schreckliche Frau bohrt mir jetzt ihren Zeigefinger gegen die Brust und sagt: »Wenn ihr was passiert, ich warne dich …«

»Na, na, Sanne«, geht meine Oma dazwischen, »Lena wird schon nichts passieren. Und was kann Max dafür, wenn *deine* Tochter durchbrennt? Ihr Freund hat anscheinend einen Führerschein. Na und?«

Lenas furchtbare Mutter zeigt mir und meiner Oma den Vogel. Wirklich. Dann rennt sie Onkel Mattis hinterher.

Du bist ganz rot im Gesicht

Mattis 2017

Er schaltete den Motor ab und öffnete die Tür. Sofort drängte die Hitze herein. Im klimatisierten Auto vergaß er immer, wie heiß es draußen war. Er sah auf die Uhr. Es war halb elf, für eine größere Tour eigentlich schon zu spät. Aber jetzt waren sie so weit gefahren.

Thomas und Ben sprangen voller Tatendrang heraus, streckten sich, und Ben pinkelte auf einen verdorrten Busch. Weit und breit war kein Mensch zu sehen, kein anderes Auto stand auf dem Parkplatz.

Der Weg war nicht zu verfehlen, ein großes Schild zeigte die Richtung an und machte auf die Regeln in der Schlucht aufmerksam. Es könne sehr heiß werden, man brauche genügend Wasser, Sonnenschutz, eine Kopfbedeckung und feste Schuhe. Sie hatten an alles gedacht. Mattis studierte die Karte, auf der der Loop Walk Trail abgebildet war, eine Rundwanderung von viereinhalb Stunden. Sie verlief ein Stück über die Hochebene, dann musste man in die Schlucht absteigen und am Flusslauf entlang zurück, bis es über Stufen wieder nach oben zum Parkplatz ging.

»Das schaffen wir schneller«, sagte Ben und marschierte los. Sie folgten dem schmalen Pfad, Ben und Thomas gingen voraus, Mattis hinterher. Er musste seine Kräfte einteilen. Er war nicht so fit wie die Jungs: zu viel Arbeit am Schreibtisch, zu viel Whiskey und Bier, zu wenig Sport. Und sie waren über dreißig Jahre jünger als er.

»Es ist gar nicht so heiß!«, rief er ihnen zu, denn ein angenehmer Wind pfiff über die Hochebene. Sie kamen tatsächlich schnell voran. Vor dem Abstieg hinunter zum Fluss blieben sie stehen und schauten noch einmal über das Land. Der Blick war grandios. Die Schlucht wand sich im Zickzack bis zum Horizont, ein riesiger Riss im Erdmantel. Die Ebene leuchtete tief rot; dazwischen nur das Grau der verdorrten Büsche, der Sand unten in der Schlucht hell, fast weiß, der Fluss schmal und dunkel. Unten gab es trotz des Wassers kaum Bewuchs, nur diesen unwirklichen, wie unberührt wirkenden Sand und die massiven Felswände links und rechts, wiederum rötlich, außerdem zerfurcht, kantig, mit tiefschwarzen Löchern, teils winzig, teils größer, jedenfalls mochte man nicht hineinfassen, da konnte alles Mögliche darin hausen. In Australien gab es die giftigsten Lebewesen der Welt, Spinnen, Schlangen, bestimmte Quallen, aber auch Kröten, und sie waren nicht einmal selten.

Thomas und Ben wollten sich schon an den Abstieg machen, aber Mattis hielt sie zurück.

»Ich muss euch noch etwas sagen.«

Sie sahen ihn an, seine Söhne. Ben hatte sein Haar zu einem Turm aufgerichtet und mit einem Tuch zusammengebunden, und Thomas trug über der Stirn eine schicke Tolle, die er immer mit viel Routine zurechtformte und mit Haarspray fixierte. Er wollte auf den Fotos gut aussehen, die er seinem Freund David schickte.

Unterwegs bekam man alles voneinander mit.

»Ich werde ausziehen.«

»Ach«, sagte Ben, während Thomas nur die Augenbrauen hochzog.

»Ja. Sanne hat mich vor die Wahl gestellt: Sie oder die andere ... die andere Beziehung. Sie hat ja recht.«

»Und du hast die andere Beziehung vorgezogen?«, fragte Ben.

»Ich habe mich noch nicht entschieden. Es ist nur ein Versuch. Eine Pause.«

»Solche Pausen kenne ich«, meinte Thomas.

»Ihr seid erwachsen«, sagte Mattis. »Mal sehen, was kommt, oder?«

Thomas schaute in die Schlucht hinab. Der Wind zerrte an seiner Tolle, schaffte es aber nicht, sie durcheinanderzubringen. »Solange sie keine Blondine in unserem Alter ist ...«

»Und wir sollen dann Mom zu ihr sagen«, fügte Ben hinzu.

Sie lachten.

So leicht war es also? Sie lachten? War es nicht ein Schock, wenn die Eltern sich trennten?

»Und Lena?«, fragte Ben.

»Sanne hat mit ihr gesprochen. Lena ist die Ferien über bei Karen und bei den Alpacas. Karen hat sich doch Alpacas angeschafft. Zwei sind trächtig, und der Esel muss auch eingewöhnt werden.«

»Sie hat auch einen Esel?«

»Ja, sie hat Fotos geschickt.«

Mattis zeigte ihnen die Fotos auf dem Handy. Lena war auch darauf. Sie sah glücklich aus mit den Tieren, sie würde ihren Liebeskummer schon überwinden. Karen gab jedenfalls auf sie acht. Auch er, Mattis, würde noch eine Weile auf sie achtgeben. Er hatte sie schließlich in Italien aufgestöbert, die beiden, ein Run-away-Couple, sehr Hollywood! Lenas Handy war leicht zu orten gewesen, sie spielte ja ständig damit herum.

»Super-Mario ist Geschichte?«, fragte Ben.

Mattis musste lächeln. »Ich hoffe es.«

»Nur Mama ist allein«, sagte Thomas.

»Sie wollte mal allein sein. Sie ist zu einem ihrer Frauenseminare gefahren. Sie hatte all die Jahre viel zu wenig Zeit für sich selbst.«

»Wir sollten los«, wechselte Ben das Thema. »Die Mittagshitze kommt.«

Er hatte recht. Sie machten sich auf den Weg. Keiner sagte etwas. Was ging den Jungs wohl durch den Kopf? Sie sprachen nie viel über sich.

Je weiter sie nun hinunter kamen, desto heißer wurde es. Der Wind wehte nicht mehr, die Luft stand still. Zum Glück hatten sie genug zu trinken dabei, jeder eine eigene Flasche Wasser. Ben hatte gemeint, das könnte knapp werden, aber Mattis hatte ihn beruhigt. Eineinhalb Liter für die paar Kilometer mussten ja wohl reichen. Und die Hälfte der Strecke war jetzt schon fast geschafft.

Er nahm einen Schluck und trank gierig weiter. Vom Bergabgehen spürte er ein wenig seine Knie, doch es konnte jetzt nicht mehr lange dauern.

Unten hielten sie wieder kurz an, beeindruckt vom Flirren der Hitze und der Stille. Kein Insekt, kein Vogel. Auch vom Fluss her kein Geräusch, er floss träge, man nahm die Bewegung kaum wahr.

»Es hat bestimmt fünfzig Grad hier unten«, sagte Ben.

»Wie in der Sauna«, sagte Thomas. »Nur Kühlbecken und Dusche fehlen.«

Die Sonne stand inzwischen im Zenit, es gab kaum Schatten. Sie liefen an der Felswand entlang, die weitere Hitze abstrahlte, wie auch der Sand. Als wäre man von Heizkörpern umzingelt.

Ben und Thomas stapften dennoch munter voran. Ihn, Mattis, strengte das Laufen an, er sank bei jedem Schritt in den Sand ein und rutschte wieder ein Stück zurück.

Thomas sprang hinunter zum Fluss, machte Selfies, kam zurück und fotografierte seinen Bruder. Wo er nur die Kraft hernahm? Mattis hatte zu kämpfen, seine Flasche war bereits leer. Er würde Ben und Thomas bitten müssen, ihm etwas abzugeben. Endlich gab ein Felsvorsprung ein wenig Schatten.

»Pause«, keuchte Mattis.

»Schau mal«, sagte Ben und deutete auf das Skelett eines Kängurus hinten in der Felsnische. Nur noch die bleichen Knochen waren übrig und etwas Fell, alles staubtrocken. Es roch nicht einmal streng.

Mattis merkte, wie schnell sein Atem war und dass er auch im Stehen kaum langsamer wurde. Der hohe Puls beruhigte sich nicht mehr. Trotzdem wollte Mattis nicht fragen, wie weit es noch war. Ben hatte auf dieser Reise stets den besseren Orientierungssinn bewiesen.

Mattis dachte an die Kinder früher zu dritt hinten im Auto. *Wie weit ist es noch? Wann sind wir endlich da? Ich hab Durst! Ich muss mal!*

Er lächelte.

Einfach weiterlaufen, es war sowieso zu spät zum Umkehren. Manchmal quietschte der Sand unter seinen Wanderschuhen.

»Alles klar?«, fragte Ben. »Dein Gesicht ist ganz rot.«

»Alles klar«, sagte Mattis. Sein Herz flatterte. Er blieb kurz stehen und stützte sich am Felsen ab. Man könnte ein Spiegelei darauf braten, dachte er. Als er weitergehen wollte, schwankte er.

»Thomas, bleib stehen!«, rief Ben, und Thomas blieb stehen und kam zu ihnen gelaufen.

»Er muss in den Schatten und was trinken«, sagte Ben und zeigte auf einen dürren Baum unten am Fluss. »Besser als nichts.«

Er hakte seinen Vater bei sich ein. Auch Thomas stützte ihn. So gingen sie hinunter zum Fluss und suchten unter dem spärlichen Schatten des Bäumchens Schutz.

»Mein Puls ist nur zu hoch«, sagte Mattis.

Jetzt mussten sich also schon seine Söhne um ihn kümmern. War er denn ein alter Mann? Mit fünfzig Jahren? Sie hatten ihm die Reise zum Geburtstag geschenkt, alle zusammen, die ganze Familie. Außer Sanne natürlich. Sie hatte ihm – mit hochgezogener Augenbraue – nur einen spöttischen Blick geschenkt. Die anderen hatten alles schon ausgemacht. Ein Kollege in Vertretung, Lena bei Tante Karen und bei den Alpacas, sogar die Flüge hatten sie gebucht. Gleich nach Weihnachten waren sie aufgebrochen, Ben, Thomas und er.

»Er ist schon halb weggetreten«, sagte Ben und flößte ihm Wasser ein. »Haben wir das Notsignal dabei?«

Mattis schüttelte den Kopf, sie hatten es im Auto liegen gelassen. Ben und Thomas setzten ihn auf einen großen Stein, er war so warm wie die Heizbänke im Volksbad in München. Da hatte er so gerne gelegen, Mattis, damals mit Sanne, anstatt in die Vorlesungen zu gehen, ja, zu der Zeit hatte man noch anders studiert. Damals gab es noch keinen Burnout unter Studenten, und Drogen nahm man zum Spaß und nicht zum Durchhalten.

»Mein Handy«, sagte Thomas, holte es heraus und schaltete es ein. »Kein Netz.«

Seine Stimme war höher als sonst. Er war aufgeregt. Hatte er Angst?

Ben nahm Mattis die Kappe weg, ging zum Fluss und schöpfte Wasser in die Kappe. Das Wasser hatte die Farbe von Tee. Ben schüttete seinem Vater das Wasser einfach über den Kopf.

»Noch mehr«, sagte Thomas, und Ben holte noch mehr. Etwas von dem Wasser lief Mattis in den Mund. Es schmeckte salzig und brackig, es roch modrig. Trinken durfte man es bestimmt nicht.

»Da fällt mir was ein«, sagte Thomas und holte einen Energydrink aus seinem Rucksack.

»Bäh«, rief Mattis, »das Zeug trinke ich nicht!«

Er fühlte sich besser nach der Dusche. Das Wasser verdunstete in seinen Haaren und sorgte für etwas Kühle.

»Doch, das Zeug trinkst du jetzt!«, befahl Ben und hielt ihm die Dose an den Mund.

Es schmeckte köstlich. Zugleich sauer und sehr süß. Und es wirkte Wunder. Er war wieder klar und konnte aufstehen.

»Wie weit ist es noch, Ben?«

»Eine Stunde vielleicht.«

»Das schaffe ich.«

Sie gingen nicht mehr voraus, Ben und Thomas, sie blieben dicht bei ihm. Alle drei liefen sie schweigend und in gemäßigtem Tempo. Der Sand quietschte. Seine Helligkeit tat in den Augen weh. Mattis hatte die Sonnenbrille im Auto vergessen. Die nasse Kappe tat gut auf seinem Kopf.

In jedem Schatten hielten sie kurz an, und er trank Wasser aus den Flaschen seiner Söhne. Noch zwei

Mal ging Ben mit der Kappe zum Fluss und duschte seinen Vater ab. Und dann kam endlich, endlich die Treppe in Sichtweite, die hinauf zum Parkplatz führte. Weit oben sahen sie ihren Camper stehen, so weit oben, dass Mattis schwindlig wurde.

»Das schaffe ich nicht«, sagte er und hätte am liebsten geweint. Das jetzt nicht auch noch, eine Heulsuse sein. So hatten die Jungs Lena immer geärgert, Heulsuse, und er, Mattis, hatte sie in Schutz genommen: »Weinen muss erlaubt sein im Haushalt eines Psychologen!«

Hier in der Schlucht war Weinen nicht erlaubt.

»Ich gehe hoch und hole Hilfe«, sagte Thomas.

»Wird das Beste sein«, stimmte Ben zu.

»Nein, nein«, sagte Mattis und stieg die erste Stufe hoch. Er nahm eine nach der anderen und keuchte vor Anstrengung. Ihm war schlecht. Ben und Thomas gingen hinter ihm und sagten nichts. Ein besorgtes, ängstliches Schweigen.

Etwa zur Hälfte des Aufstiegs setzte der Wind wieder ein, und Mattis nahm die Kappe vom Kopf. Der Wind kühlte ihm das nasse Haar, den Kopf, das Gesicht. Herrlich.

Als sie oben angelangt waren, zogen sie zuerst die verschwitzten Kleider aus und duschten sich vor dem Wagen mit der Campingdusche ab. Die Jungs sprangen splitternackt herum und spritzten sich gegenseitig nass. Dann saßen sie in frischen Shorts und T-Shirts alle drei zusammen im Führerhaus, die Klimaanlage lief auf Hochtouren, und tranken erst

Cola, dann Bier. Mattis fühlte sich erschöpft, aber wiederhergestellt. Sein Puls ging normal.

»Das war gefährlich«, sagte Thomas.

»Notfalls wäre ich hochgestiegen und hätte das Signal abgesetzt«, meinte Ben.

»Das kostet viertausend Dollar.«

»Nur wenn es kein Notfall ist. Es wäre ja einer gewesen.«

Das klang merkwürdig für Mattis. Er, ein Notfall? Aber Ben hatte recht.

Das Dosenbier aus dem Kühlschrank des Campers schmeckte wunderbar. Ein Foster. Sie aßen Chips und Kekse dazu, und Thomas schaltete das Radio ein. Es lief irgendein Countrysong.

»Danke euch beiden«, sagte Mattis gerührt. Sie sollten das nicht merken, aber sie merkten es und sahen aus dem Fenster über die rote, trockene Ebene.

»Übrigens«, meinte Thomas und nahm einen Schluck Bier. »David und ich werden heiraten. Er weiß es noch nicht, aber wenn wir wieder zu Hause sind, werde ich ihn fragen. Er wartet schon lange darauf.«

»Schön, freut mich«, sagte Mattis.

Thomas verzog erstaunt das Gesicht. »Schön? Du regst dich nicht auf?«

»Nein. Warum?«

»Weil ich zu jung bin? Weil David ein Mann ist? Weil irgendwas?«

Nein, er regte sich nicht auf. Er sah ihn an, seinen Sohn. Er würde es besser machen als sein Vater. Ja, bestimmt, sie machten es besser, diese jungen Männer. Ben auch. Max sogar, auch er hatte seinen Weg gefunden. Nur Lena, auf sie galt es noch aufzupassen. Sie war noch nicht über den Berg. Ein paar Jahre noch. Sie ging jetzt jede Woche zur Therapie, wegen der Panikattacken und der Probleme in der Schule. Natürlich verlor sie kein Sterbenswörtchen darüber. Er hatte Karen extra das Auto überlassen, damit sie Lena zur Therapie fahren konnte. Sie war jetzt fünfzehn. In ein, zwei Jahren hatte sie es wahrscheinlich geschafft. Auch sie würde es besser machen als ihre Tanten oder ihre Mutter oder ihre Oma Frieda.

Es war so tröstlich, das zu wissen.

»Der Zeitpunkt war gut gewählt, Thomas«, sagte Mattis und lachte.

Thomas lachte auch. »Ich weiß!«

Sie stießen zu dritt mit ihren Bierdosen an, und Thomas sah nach, ob sein Handy Empfang hatte – hatte es. Er schickte David die Selfies aus der Schlucht. Dann zeigte er Ben und Mattis Davids Antwort.

KOMM ENDLICH WIEDER ZURÜCK!!!

Epilog

WhatsApp-Familiengruppe 2018

Thomas: PAPA, SIND AUF DER HOCHZEIT IRGENDWELCHE SZENEN MIT MAMA ZU ERWARTEN? NUR DASS WIR UNS DARAUF EINSTELLEN KÖNNEN

Max: JA

Thomas: PAPA?

Mattis: NEIN. ICH KOMME ALLEIN. UND SEIT ICH AUSGEZOGEN BIN, VERSTEHEN WIR UNS WIEDER BESSER, SANNE UND ICH. VIEL BESSER

Thomas: SO SO. MAX, WIE GEHT ES OMA UND OPA? KÖNNEN SIE KOMMEN?

Max: KLAR. ICH FAHRE SIE HIN. ICH DARF JETZT DEN TAUNUS FAHREN

Nele: MAX, WIE GEHT ES? IST ES NICHT ZU VIEL?

Max: NEIN. OMA HAT NUR GESTERN WASCHPULVER

IN DEN TROCKNER GESCHÜTTET, SIE HAT DAS FACH DAFÜR NICHT GEFUNDEN (IST JA EBEN EIN TROCKNER). DESWEGEN HÄNGT OPA GERADE WÄSCHE AUF UND OMA FINDET, DASS ER ES VERKEHRT MACHT

Heinrich: MAX MACHT DAS WUNDERBAR. SEHT IHR, ER HAT MIR DAS TABLET ERKLÄRT. ER HAT NUR ZU WENIG FREIZEIT.

Max: WIESO? ICH FAHRE MORGEN MIT OMA ZUM SEE. WIE WAR AUSTRALIEN?

Ben: COOL

Thomas: SEHR COOL

Alexander: NA TOLL. MEIN URLAUB GEHT FÜR DAS DACH IN MURNAU DRAUF

Lena: IST MARIO AUCH EINGELADEN?

Thomas: SUPER-MARIO? KLAR. WENN ER BIS DAHIN NOCH AKTUELL IST. ABER MEIN AUTO BLEIBT DA, VERSTANDEN?

Lena: YIPPIEH:D

Thomas: DANN SEHEN WIR UNS ALLE ZUR HOCHZEIT?

Danksagung

Ich danke ganz besonders Inga Poste für ihre Unterstützung sowie Elisabeth Ruge, Mareike Fallwickl, Johanna Bedenk und René Stein.

Ich danke dem Deutschen Literaturfonds, den 42erAutoren, dem Münchner Literaturbüro, dem Literarischen Café am Bildungszentrum in Nürnberg und der Literaturzeitschrift Lichtungen.

Vielen Dank auch an Achim Wrobel für die vielen guten Gespräche und alles andere.

Und ich danke meiner ganzen wunderbaren Familie, allen voran meinen Kindern.